영혼을 위한 닭고기 수프

Chicken Soup for the Soul
by Jack Canfield and Mark Victor Hansen

영혼을 위한 닭고기 수프

2

용기가 필요한 날

잭 캔필드 · 마크 빅터 한센
류시화 옮김

푸른숲

독자에게 전하는 말

한 번에 한 모금씩 천천히

삶에서 일어난 생동감 넘치는 일화를 글로 옮겨 적기란 쉽지 않은 일이다. 여기에 우리가 모은 이야기는 원래의 감동과 의미를 최대한 살리기 위해 적어도 다섯 번 이상 고쳐 쓴 것들이다. 이 책을 읽을 때는 처음부터 끝까지 서둘러 한 번에 읽어버리지 않기를 바란다.

여기 이 '영혼을 위한 닭고기 수프'는 우리 두 사람의 40년에 걸친 경험을 바탕으로 선보이는 최상의 요리이다. 따라서 당신의 존재 깊은 곳까지 스며들도록 천천히 음미하라고 주방장인 우리는 권유한다. 또한 이 수프는 영양가가 많다. 샐러드나 빵을 곁들이진 않았지만, 수프 그 자체만으로도 당신의 마음을 열고 인생의 기운을 되찾게 하는 힘을 지니고 있다.

우리가 제목으로 정한 닭고기 수프는 미국에서 예로부터 전해 오는 민간요법의 하나로, 몸살감기에 걸렸을 때 할머니나 엄마가 끓여주는 전통 음식이다. 제목에서 느껴지듯이 우리는 이 책이 삶에 지쳐 기운과 용기가 필요한 당신에게 충분한 치유제가 되리라고 믿는다.

우리는 이 수프 속에 유명한 사람이나 평범한 사람이 실제 겪은 이야기를 사랑과 배움, 꿈의 실현, 가르침, 부모 노릇 하기 등의 재료로 나눠 놓았다. 삶의 주변에서 일어나는 아름다운 이야기, 눈물이 쏟아지게 만드는 감동적인 이야기, 지혜가 담긴 일화 등을 우리 두 주방장은 주된 요리 재료로 삼았다.

이 책은 한 번에 다 읽을 수도 있다. 하지만 우리는 그것을 권하지 않는다. 시간을 갖고, 좋은 술처럼 한 번에 한 모금씩 천천히 음미하기 바란다. 그러면 당신은 따뜻한 열기를 느끼고, 마음과 영혼은 오래전에 잃었던 생기를 되찾을 것이다.

이 책에 실린 대부분의 이야기는, 원작자를 찾아가 그들 목소리로 다시 써달라고 부탁한 것이다. 많은 이야기들이 그들 자신의 목소리이며, 우리 둘의 목소리는 되도록 섞지 않았다. 따라서 하나하나의 이야기가 주는 감동은 오직 애초에 이를 경험한 글쓴이에게서 나온 것이지 편집과 각색에 의한 것이 아님을 밝힌다.

우리가 만든 이 특별한 수프는 미국뿐 아니라 전 세계 28개국 서점에서 베스트셀러 1위에 올랐다. 또한 〈뉴욕타임스〉 190주 연속 베스트셀러에 오른 최고의 화제작이기도 하다. 흥미 넘치는 스릴러물이나 애정 소설도 아닌 '영혼을 위한 요리책'이 이만큼 화제를 끄는 이유는 아직 인간의 가슴 속에 희망과 감동과 눈물이 남아 있기 때문이라고 우리 두 사람은 풀이한다.

이제 당신의 식탁 위에, 또는 잠자리 옆에 우리가 만든 《영혼을 위한 닭고기 수프》를 차려놓는다. 이 수프는 당신이 잠이 올 때 잠을 달아나게 하고, 잠이 들더라도 편안하고 평화롭게 자도록 도와줄 것이다. 우리가 이 수프를 만들 때와 마찬가지로 당신 역시 즐겁게 한 스푼씩 음미하길 바란다.

잭 캔필드 · 마크 빅터 한센

차
례

다른 곳을 보는 용기

누군가
내 곁에 있다는 믿음

우리가 잊고 있던 것들

세상에서 가장 완벽한 약

부속품도 필요 없고, 건전지도 필요 없다.
다달이 돈 낼 필요도 없고
소모품 비용도 들지 않는다.
은행 이자와도 상관없으며
세금 부담도 없다.
오히려 마음의 부담을 덜어준다.

도둑맞을 염려도 없고
시간이 지나 퇴색할 염려도 없다.
한 가지 사이즈에 모두가 맞으며
질리지도 않는다.
가장 적은 에너지를 사용해
가장 감동적인 결과를 낳는다.
긴장과 스트레스를 풀어주고

행복감을 키워준다.
절망을 물리쳐주며
당신의 눈을 빛나게 하고
스스로 당신 자신을 존중하게 해준다.

감기, 얼굴에 난 종기, 골절상에도 효과가 있으며
불치병까지도 극적으로 낫게 한다.
이 약은 특히
가슴에 난 상처에 특효약이다.

이 약은 전혀 부작용이 없으며
오히려 혈액순환까지 바로잡아준다.
이것이야말로 완벽한 약이다.
처방은 이것이다.
최소한 하루에 한 번씩
식전 30분이든 식후 30분이든
서로 껴안으라는 것이다.

헨리 매슈 워드

꿈이 있다는 것

불가능하다고 말하는 사람은
그럼에도 불구하고 그 일을 하고 있는 사람을
방해해선 안 된다

작자 미상

지구가 움직인 이유

열한 살 소녀 안젤라는 근위축증이라는 희귀병에 걸렸다. 신경계를 포함해 신체가 점차 무력해지는 병이었다. 걷지 못하게 되었고, 몸의 일부만을 움직일 수 있었다. 의사들은 안젤라가 이 병에서 회복되리라는 희망을 갖지 않았다. 그들은 안젤라가 평생 휠체어에 의지해야 할 것이라고 진단했다. 한번 이 병에 걸리면 정상적으로 돌아오는 사람이 거의 없다고 말했다.

그러나 열한 살 소녀는 포기하지 않았다. 안젤라는 병원 침대에 누워 자기 말을 들어주는 사람이면 누구에게나 언젠가 반드시 다시 걷게 되리라고 다짐했다.

안젤라는 샌프란시스코 만 근처에 있는 전문 재활 병원으로 옮겨 심리 치료를 받기 시작했다. 그녀의 증세에 적용될 수 있는 모든 치료 방법이 동원되었다. 심리 치료사들은 결코 포기하지 않는 그녀의 강한 의지와 정신력에 감동받았다.

치료사들은 안젤라에게 심상화 요법을 가르쳤다. 스스로 걷는 모습을 마음속으로 상상하는 치료법이었다. 실제 치료에는 아무런 도움이 안 될지 몰라도 침대에 누워 상상을 하고 있는 동안에는 정신적으로 긍정적인 효과를 가져다주리라 기대했기 때문이다.

안젤라는 물리치료, 월풀(신체장애인을 위한 물리치료법), 운동 세션 등 신체와 관련된 치료도 열심히 했지만, 특히 침대에 누워서 하는 심상화 요법에 강한 신념을 가지고 열심히 매달렸다. 상상 속에서 그녀는 걷고, 걷고, 또 걸었다.

그러던 어느 날, 안젤라가 다른 날과 마찬가지로 침대에 누워서 열심히 자신의 두 다리가 움직이는 상상을 하고 있을 때였다. 갑자기 기적이 일어났다. 침대가 움직인 것이다! 침대가 병실 안을 이리저리 움직이기 시작했다.

안젤라는 소리쳤다.

"이것 좀 봐요! 드디어 해냈어요! 난 해냈다고요! 내가 스스로 움직였어요!"

물론, 이 순간 병원에 있던 모든 사람 역시 소리를 지르며 대

피소로 달려가고 있었다. 여기저기서 사람들이 비명을 지르고, 장비들이 바닥에 굴러다니고, 유리제품들은 산산조각이 났다. 샌프란시스코에 대지진이 일어난 것이다.

그러나 절대로 이 사실을 안젤라에게 말해선 안 된다. 안젤라는 자신이 해냈다고 굳게 믿고 있었으니까.

그로부터 몇 년 뒤 안젤라는 다시 학교를 다니고 있다. 물론 자신의 두 다리로 걸어서 말이다. 목발이나 휠체어 따위는 이제 필요 없게 되었다.

생각해보라. 샌프란시스코와 오클랜드의 대지를 뒤흔들 만큼 강한 신념을 가진 사람이 하찮은 신체의 병 따위를 정복할 수 없겠는가?

하노크 매카티

아버지의 비밀 상자

대학교 4학년 때 나는 겨울방학을 맞아 집으로 갔다. 2주 동안의 짧은 방학이었지만, 두 남동생과 함께 즐거운 시간을 보낼 계획으로 기대에 부풀어 있었다. 오랜만에 다시 만난 우리는 너무 신이 나고 흥분한 나머지, 부모님을 휴가 보내드리고 대신 가게를 보겠다고 나섰다. 부모님이 가게에 매달려 몇 년 동안 휴가 한 번 떠나지 못했기 때문이다.

부모님이 보스턴으로 여행을 떠나기 전날, 아버지는 가게 뒤쪽에 딸린 골방으로 나를 조용히 부르셨다. 너무 작아서 피아노 한 대와 접이식 침대만이 놓여 있는 방이었다. 침대를 펴면 그 발치에 앉아 피아노를 칠 수 있을 정도였다.

아버지는 낡은 피아노 뒤로 손을 넣더니 시가 상자 하나를 꺼냈다. 상자 뚜껑을 열고 안에 있는 것들을 내게 보여주었다. 상자 안에는 뜻밖에도 오려둔 신문 기사가 가득 들어 있었다.

어려서부터 낸시 드루 탐정 소설 시리즈를 수없이 읽었던 나는 가위로 오려둔 신문 기사가 담긴 비밀 상자를 보자 흥분해 눈이 휘둥그레졌다. 나는 반짝이는 눈으로 상자를 들여다보며 물었다.

"이게 다 뭐예요, 아버지?"

아버지는 진지하게 대답했다.

"이것들은 지난 몇 년 동안 신문 독자 투고란에 실린 내가 쓴 기사와 편지다."

나는 기사를 훑어보기 시작했다. 반듯하게 오려둔 기사 맨 아래에는 한결같이 '월터 채프먼'이라는 이름이 인쇄되어 있었다.

나는 물었다.

"왜 진작 말씀해주시지 않았어요, 아버지?"

"난 네 엄마가 이 사실을 알기를 원치 않았단다. 네 엄마는 내가 교육을 제대로 받지 못했으니 글을 쓰면 안 된다고 늘 말했다. 정치 사무실을 운영하고 싶었던 적도 있지만, 절대로 못하게 했다. 아마 내가 실패할까 두려워서 그랬을 거야. 난 그냥 재미 삼아 해보고 싶었을 뿐이다. 그래서 네 엄마 몰래 글을 쓸 수 있는 방법을 생각해냈고, 지금까지 한 번도 들키지 않았단다. 내가 보낸 글이 신문에 실리면 난 기사를 오려 이 상자 속에 감춰두곤 했지. 하지만 언젠가는 누군가에게 이 상자를 보여주리라 마음먹었다. 그게 바로 너란다."

내가 몇 편의 기사를 읽는 동안 아버지는 말없이 나를 바라보고만 있었다. 내가 고개를 들어 아버지를 쳐다보았을 때 아버지의 눈은 촉촉이 젖어 있었다.

아버지는 이렇게 덧붙였다.

"지난번엔 마지막으로 좀 무리한 시도를 해봤단다."

내가 호기심에 찬 얼굴로 물었다.

"또 글을 보내셨군요?"

아버지가 고개를 끄덕였다.

"맞아. 나는 종교 잡지에 전국 대의원들을 공정하게 선출하는 방법에 대한 긴 글을 기고했지. 그걸 보낸 지 벌써 석 달이 넘었다. 내가 너무 무리한 주제를 잡았던 게 아닌가 하는 생각이 드는구나."

지금까지 보아온 밝은 모습과는 다른 아버지의 새로운 면모에 나는 뭐라고 말해야 할지 알 수 없었다. 그래서 나는 일부러 명랑한 목소리로 말했다.

"잘될 거예요. 미리 실망하진 마세요."

아버지가 말씀하셨다.

"어쩜 그럴지도 모르지. 하지만 너까지 마음 조이며 기다리진 말아라."

아버지는 내게 미소와 함께 윙크를 하고 나서 비밀 상자를 닫았다. 그리고 피아노 뒤쪽에 상자를 다시 숨겨 놓았다.

다음 날 아침 부모님은 버스를 타고 하버힐 역으로 갔다. 기차를 타고 보스턴으로 갈 예정이었다. 나는 남동생 짐과 론을 데리고 가게를 보면서 아버지의 비밀 상자에 대해 생각했다. 나는 아버지가 글쓰기를 좋아하신다는 사실을 전혀 몰랐다. 어쨌든 난 동생들에게 말하지 않기로 마음먹었다. 그것은 아버지와 나만의 소중한 비밀이었다. 숨겨진 상자의 비밀.

이른 저녁, 가게 유리창을 통해 바깥을 보고 있던 나는 버스에서 내리는 어머니를 보았다. 어머니는 혼자였다. 어머니는 광장을 가로질러 잰걸음으로 가게를 향해 걸어왔다.

우리는 동시에 어머니에게 물었다.

"아버진 어디 계세요?"

"돌아가셨다."

어머니는 눈물 한 방울 흘리지 않고 말했다. 도저히 믿을 수 없었던 우리는 어머니를 따라 부엌으로 들어갔다. 어머니는 보스턴의 파크스트리트 지하철역에서 사람들 사이를 걸어가고 있었는데 아버지가 갑자기 바닥에 쓰러졌다고 말했다. 그때 지나가던 간호사가 몸을 굽혀 아버지를 살펴보더니 엄마를 쳐다보면서 "죽었군요"라고 했다는 것이다.

어머니는 어떻게 해야 할지 몰라 아버지 옆에 멍하니 서 있었다. 지하철에서 몰려나오는 사람들이 쓰러진 아버지에게 걸려 넘어지기도 했다. 그러자 어떤 목사가 다가오더니 "경찰을 불러 주겠소"라고 말한 뒤 사라졌다. 마침내 구급차가 와서 두 사람을 곧장 영안실로 데려갔고, 어머니는 그곳에서 아버지 주머니에 든 물건을 꺼내고, 시계를 풀었다.

그 뒤 어머니는 혼자서 기차를 탄 다음 버스를 갈아타고 집으로 돌아왔다.

어머니는 이 충격적인 사건을 전하면서도 눈물 한 방울 흘리지 않았다. 어머니는 오랜 훈련 끝에 남에게 자신의 감정을 드러내지 않게 되었고 이에 자부심을 느꼈던 것이다.

우리도 울지 않았다. 다시 가게로 가 우리를 기다리고 있는 손님들에게로 돌아갔다.

오랫동안 우리 가게를 다닌 한 손님이 물었다.

"오늘 저녁엔 노인 양반이 어딜 가셨나?"

내가 무뚝뚝하게 대답했다.

"돌아가셨어요."

"저런! 정말 안됐군."

그는 그렇게 말하고 가게를 나갔다.

나는 아버지를 한 번도 노인으로 생각해보지 않았다. 그래서 손님이 묻는 질문에 화가 났다. 그러나 생각해보니 아버지는 일흔 살이었고, 어머니는 쉰 살이었다. 아버지는 언제나 건강하고 행복했으며, 연약하고 예민한 어머니를 아무런 불평 없이 잘 돌보았다.

이제 아버지는 떠나고 없다. 가게 선반을 정리하면서 불던 휘파람 소리와 흥얼거리는 노랫소리를 다시는 들을 수 없게 되었다. 그 '노인 양반'은 세상을 떠난 것이다.

장례식 날 아침, 나는 가게 테이블에 앉아 조문객들이 보낸 문상 카드를 스크랩북에 정리하다가 우편물 뭉치 속에서 교회 잡지 한 권을 발견했다.

보통 때는 종교 출판물은 따분하다며 절대 보지 않았겠지만, 어쩌면 아버지가 보낸 글이 실려 있을지도 모른다는 생각이 들었다. 나는 잡지를 서둘러 넘겨보았다. 아버지의 글이 몇 장에 걸쳐 실려 있었다.

나는 잡지를 들고 작은 골방으로 들어가 문을 닫았다. 걷잡을 수 없이 눈물이 터져나왔다. 전국 대의원 선출 방법에 대한 아버지의 대담한 조언이 잡지에 실려 있는 걸 보고 더 이상 울음을 참을 수가 없었다.

난 기사를 읽고, 울나가 또다시 읽었다. 잡지에는 아버지의 훌륭한 제안에 감사한다는 내용으로 헨리 캐벗 로지 경이 쓴 두 장의 편지가 동봉되어 있었다.

나는 아버지의 기고문을 오려 롯지 경의 편지와 함께 피아노 뒤의 비밀 상자에 넣었다. 나는 나의 비밀 상자에 대해 아무에게도 말하지 않았다. 그 상자는 오랫동안 하나의 비밀로 남았다.

플로렌스 리타워

주홍 글씨

역사 속의 위대한 성공에 얽힌 이야기를 보면 사랑하는 사람이나 가까운 친구의 격려 한마디, 또는 신뢰하는 태도가 결정적인 역할을 했음을 알 수 있다.

너대니엘 호손 역시 마찬가지였다. 믿음을 간직한 아내 소피아가 아니었다면 아마도 우리는 위대한 문호의 대열 속에서 그 이름을 발견할 수 없었을 것이다.

어느 날 호손이 비참한 얼굴로 집에 돌아왔다. 그는 아내에게, 자신의 인생이 완전히 실패했으며 다니던 세관에서 해고당했다고 말했다. 소피아는 오히려 기쁨의 환성을 질러 그를 어리둥절하게 만들었다.

아내 소피아는 흥분해서 말했다.

"이제 당신은 비로소 책을 쓸 수 있게 되었어요!"

호손은 고개를 저으며 자신감 없는 침울한 목소리로 말했다.

"그렇긴 해. 하지만 내가 글을 쓰는 동안 우린 뭘 먹고 살지?"

그 말에 소피아는 서랍을 열고 상당한 액수의 돈을 꺼냈다. 호손이 놀라서 물었다.

"도대체 이 많은 돈이 어디서 났지?"

소피아가 말했다.

"난 당신이 천재적인 작가라는 사실을 오래전부터 알고 있었어요. 언젠가는 당신이 명작을 남기리라는 걸요. 그래서 매주 당신이 주는 생활비에서 조금씩 떼서 모았어요. 이 돈은 앞으로 우리의 1년 생활비로 충분해요."

이렇게 소피아의 믿음과 신뢰 속에서 위대한 미국 문학 작품인 《주홍 글씨》가 탄생했다.

니도 쿠베인

'난 할 수 없어'의 장례식

도나 선생님이 맡은 초등학교 4학년 교실은 내가 봐온 여느 교실과 다를 바 없었다. 학생들은 여섯 명씩 다섯 줄로 앉아 있었고, 맨 앞에는 교탁이 놓여 있었다. 교실 뒷벽엔 학생들의 작품이 걸려 있었다. 여러 면에서 볼 때 전형적인 초등학교 교실의 모습이었다.

하지만 처음 그 교실에 들어갔을 때 나는 뭔가 다르다는 걸 느낄 수 있었다. 교실 전체에 어떤 흥분 같은 것이 깔려 있었다.

도나 선생님은 정년퇴직이 두 해밖에 남지 않은 미시간 시골 학교의 경험 많은 교사였다. 또한 내가 조직하고 후원하는 전국 교직원 연수 프로그램에 자원봉사자로 참여하고 있었다. 이 프로그램의 목적은 학생들에게 자신감을 심어주고 스스로 인생을 책임지도록 교사가 새로운 교육 방법을 일깨우는 데 초점이 맞춰져 있었다.

도나 선생님은 연수 프로그램에서 교사들이 프로그램의 개념을 잘 이해하도록 돕는 일을 맡았다. 그리고 내가 맡은 일은 연수에 참가한 교사들의 교실을 직접 방문해 교육 현장에서 제대로 실천하도록 격려하는 일이었다.

도나 선생님의 교실로 들어간 나는 교실 뒤 빈 의자에 앉아 말없이 수업을 지켜보았다. 학생들 모두 무언가 열심히 하고 있었다. 그들은 노트를 한 장 찢어서 자기 생각을 적어 내려가고 있었다.

나와 가장 가까이 앉은 열 살짜리 여학생의 책상을 넘겨다보니 '난 할 수 없어'로 시작하는 문장으로 종이를 메우고 있었다.

"난 축구공을 멀리까지 찰 수 없어."

"난 세 자리 숫자 이상 나눗셈을 할 수 없어."

"난 데비가 날 좋아하도록 만들 수가 없어."

여학생은 그렇게 절반을 써내려갔고, 그만둘 기미조차 보이지 않았다. 그녀는 아주 진지하게 그 일을 하고 있었다.

난 천천히 책상 사이를 지나가며 다른 학생들의 종이를 곁눈질하기 시작했다. 모두가 자신이 할 수 없는 일들을 적고 있었다.

"난 팔굽혀펴기를 열 번 이상 할 수 없어."

"난 왼쪽 담장 너머로 홈런을 날릴 수 없어."

"난 아무리 해도 쿠키를 하나만 먹을 수가 없어."

나는 강한 호기심이 일었다. 그래서 도나 선생님에게 아이들이 무엇을 하고 있는지 물어보기로 했다. 교탁으로 다가갔더니 그녀 역시 부지런히 종이 위에 뭔가를 쓰고 있었다. 난 방해하지 않는 게 좋겠다는 판단이 들었다.

"난 존의 엄마를 학부모 면담 시간에 참석하도록 만들 수가 없어."

"난 아무리 해도 내 딸이 차에 기름을 채워놓도록 만들 수가 없어."

"난 앨런이 주먹 대신 말을 사용하도록 할 수가 없어."

도대체 왜 교사와 학생들이 '난 할 수 있어'라는 긍정적인 문장 대신 그렇게 부정적인 문장에 매달려 있는지 이해가 가지 않았지만, 나는 잠자코 자리로 돌아가 계속 관찰했다. 학생들은 10분 정도 더 써내려갔다. 대부분 종이 한 장을 가득 채웠으며, 뒷장에 쓰기 시작한 학생도 있었다.

이윽고 도나 선생님이 학생들에게 말했다.

"자, 지금 쓰고 있는 문장을 끝마치고 새로운 건 시작하지 말아요."

선생님은 학생들에게 종이를 반으로 접어 앞으로 제출하라고 말했다. 학생들은 한 명씩 앞으로 걸어나가 자신들이 쓴 '난 할 수 없어' 목록을 교탁 위에 놓인 빈 신발 상자 안에 집어넣었다.

학생들이 모두 용지를 제출하자 도나 선생님은 자신이 적은 것도 안에 넣었다. 그러고는 상자 뚜껑을 닫은 다음 팔에 끼고 교실 밖으로 걸어나갔다. 학생들도 선생님을 따라 복도로 나갔다. 나도 뒤를 따라갔다.

복도 중간쯤에서 행렬이 멈췄다. 선생님은 관리실 안으로 들어가더니 삽 하나를 들고 나왔다. 한 손에는 삽을, 다른 한 손에는 상자를 든 선생님은 학생들과 함께 운동장 맨 구석으로 걸어갔다. 거기서 그들은 삽으로 땅을 파기 시작했다.

그들은 자신들의 '난 할 수 없어'를 땅 속에 파묻으려 하고 있었던 것이다. 땅을 다 파는 데는 30분이 넘게 걸렸다. 학생 모두가 돌아가며 한 삽씩 팠기 때문이었다. 구멍이 1미터 깊이쯤 됐을 때 삽질이 끝났다. 그리고 '난 할 수 없어' 상자를 구멍 밑바닥에 넣고 서둘러 흙으로 덮었다.

열 살에서 열한 살 사이의 서른한 명 학생 전부가 새로 만든 무덤 주위로 모였다. 각자가 적어도 한 쪽에 걸쳐 쓴 '난 할 수 없어'를 한꺼번에 상자 안에 넣고 1미터 깊이의 땅 속에 파묻어 버린 것이다. 선생님이 쓴 것도 말이다.

도나 선생님이 선언하듯 말했다.

"여러분, 다 같이 손을 잡고 고개를 숙입시다."

학생들은 무덤 주위로 둥근 원을 그리고 서서 서로 손을 잡았다. 그러고는 고개를 숙이고 기다렸다. 선생님이 조문을 읽어 내려갔다.

"친구들이여, 오늘 우리는 '난 할 수 없어'를 추모하기 위해 이 자리에 모였습니다. 그가 이 땅에 우리와 함께 있을 때, 그는 모든 사람의 삶에 영향을 미쳤습니다. 어떤 사람에게는 다른 사람에게보다 더 많은 영향을 주었습니다. 불행하게도 그 이름은 모든 공공장소에서 거론되었습니다. 학교, 시청, 주정부 건물, 심지어 백악관에서도 말입니다.

우리는 '난 할 수 없어'에게 마지막 안식처를 제공했으며, 묘비명을 새긴 비석도 세울 것입니다. 그는 떠나갔지만 그의 형제자매인 '난 할 수 있어'와 '난 해낼 거야', 그리고 '난 당장 할 거야'는 우리 곁에 살아 있습니다. 이들은 아직 잘 알려져 있지 않고, 우리가 묻어버린 친구만큼 강하지 못합니다. 하지만 여러분의 도움을 받는다면 이들도 언젠가는 세상에 더 큰 발자취를 남기게 될 것입니다.

"'난 할 수 없어'여, 편히 잠드소서. 그리고 이 자리에 모인 모든 사람들이 그가 없는 멋진 인생을 살아가기를 진심으로 바랍니다. 아멘."

도나 선생님의 주모 기도를 들으면서 나는 학생들이 평생토록 이 날을 잊지 않으리라는 느낌을 받았다. 이 작은 의식은 인생의 상징이자 은유와 같았다. 학생들의 무의식과 의식 속에 깊이 새겨져 결코 잊혀지지 않을 경험으로 남을 것이다.

'난 할 수 없어'의 목록을 쓰고, 땅 속에 파묻고 조문을 읽는 것만으로도 교사는 큰 노력을 했다. 하지만 도나 선생님은 거기서 끝내지 않았다. 장례식을 마친 뒤 학생들을 데리고 교실로 돌아갔다.

그들은 과자, 팝콘, 주스를 나눠 먹으며 '난 할 수 없어'가 세상을 떠난 것을 축하하는 파티를 벌였다. 파티를 하는 도중 선생님은 모조지를 오려 커다란 비석을 만들었다. 비석 맨 위에는 '난 할 수 없어', 그리고 아래에는 '여기 편히 잠들다'라고 썼다. 맨 아래에는 날짜를 적었다.

종이 비석은 해가 끝날 때까지 도나 선생님의 교실에 걸려 있었다. 누군가 깜박 잊고 "전 할 수 없어요"라고 말할 때마다 선생님은 말없이 '여기 편히 잠들다'를 가리켰다. 그러면 학생은 '난 할 수 없어'가 죽었다는 사실을 기억하고는 자신이 한 말을 정정했다.

난 도나 선생님의 학생이 아니었다. 하지만 그날 나는 결코 잊을 수 없는 교훈을 배웠다.

여러 해가 지난 지금, 누군가 "난 할 수 없어"라고 말할 때마다 나는 초등학교 4학년 학생들이 주관한 장례식 장면이 눈앞에 떠오른다. 그들과 마찬가지로 나 역시 '난 할 수 없어'가 죽었다는 사실을 늘 기억하고 있다.

칙 무어맨

믿음의 마술

난 아직 축구나 야구를 시작할 만큼 나이를 먹지 않았다.
난 아직 채 여덟 살도 되지 않았다.

엄마는 나에게 말했다.
야구를 시작한다 해도
내가 다리 수술을 받았기 때문에
그다지 빨리 달리지 못할 거라고.

난 엄마에게 말했다.
난 그렇게 빨리 달릴 필요가 없다고.

내가 일단 야구를 시작하면

언제나 담장 밖으로 홈런을 날릴 테니까 말이다.

그런 다음 난 천천히 걸어가면 된다.

에드워드 맥그래스 2세

《인생을 보는 특별한 시각An Exceptional View of Life》에서 발췌

삶의 기술 학교

새벽 5시, 릭 리틀은 졸음운전을 하다가 3미터 높이의 강둑에 부딪힌 뒤 가로수와 정면충돌했다. 이 사고로 척추가 부러졌고, 여섯 달이라는 긴 시간을 병원 침대에서 보내야만 했다.

병원에 있는 동안 릭은 인생에 대해 어느 때보다 깊이 생각하게 되었다. 그의 삶에는 지난 13년 동안 받은 교육이 채워주지 못한 어떤 것이 있었다.

릭이 퇴원하고 2주 뒤, 외출했다가 돌아와보니 어머니가 수면제를 과다복용한 후 의식을 잃은 채 바닥에 쓰러져 있었다. 릭은 또다시 절감했다. 삶에서 일어나는 다양한 인간관계나 감정이 얽힌 문제를 헤쳐나가는 데에 자신이 받은 정규 교육은 아무런 도움이 되지 못했다.

그 후 여러 달에 걸쳐서 릭은 한 가지 구상을 했다. 그것은 바로 학생들에게 자기 자신을 존중하는 법과 인간관계의 기술, 갈등을 해결하는 방법 등을 가르치는 새로운 교육 프로그램이었다.

릭은 이 프로그램에 어떤 내용을 담을지 찾아다니다가 국립교육원에서 실시한 한 설문 조사를 접하게 되었다. 서른 살의 성인 남녀 1천 명에게 고등학교 교육이 과연 현실을 살아가는데 필요한 기술을 가르쳐주는가를 묻는 질문에 80퍼센트 이상이 '전혀 그렇지 않다'고 대답했다.

그들에게 다시, 그렇다면 학교가 무엇을 가르쳐주기를 바라는가 하고 묻자 인간관계 기술이라는 의견이 가장 많이 나왔다. 예를 들면 함께 사는 사람들과 잘 지내는 법, 좋은 직장을 찾아 오래 머무르는 법, 다른 사람과 갈등을 해결하는 법, 좋은 부모가 되는 법, 자녀를 정상적으로 키우는 법, 재정을 관리하는 법, 그리고 삶의 의미를 배워가는 법 등이었다.

릭은 이런 내용을 가르치는 교육 프로그램을 만들어야겠다고 결심했다. 그래서 그는 다니던 대학을 그만두고, 고등학교 학생들을 인터뷰하기 위해 미국 전역을 여행하기 시작했다. 그는 프로그램에 반영하기 위한 정보를 수집하는 한편, 120개 고등학교의 학생 2천 명에게 다음의 두 가지 질문을 던졌다.

1. 만약 당신이 현재 안고 있는 문제나 앞으로 부딪히게 될 여러 문제들을 해결하는 데 도움이 되는 프로그램을 고등학교 과정에서 만든다면, 어떤 내용의 프로그램을 만들겠습니까?
2. 학교와 가정에서 자신이 훌륭하게 해나가길 원하는 인생 문제 열 가지를 적어보시오.

부유한 집안의 자녀들이 다니는 사립학교에서든 도심의 빈민가 학교에서든, 또는 시골 학생이든 도시 학생이든 대답은 놀라울 정도로 똑같았다. 외로움, 그리고 자기 자신이 싫다는 감정에 시달리는 것이 가장 해결하고 싶은 인생 문제였다. 또한 학생들은 서른 살의 성인 남녀가 대답한 것과 똑같이 삶의 기술을 배우고자 했다.

릭은 조사를 하는 두 달 동안 차 안에서 잠을 자면서, 전부 합쳐 60달러로 생활했다. 대부분의 식사는 크래커에 땅콩버터로 때웠다. 아무것도 먹지 못한 날도 많았다. 릭은 무일푼에다 후원자도 없었지만, 자신의 꿈을 실현하는 데 온 정열을 쏟았다.

릭의 다음 단계는 상담과 심리 분야에서 미국 최고로 불리는 교육자와 지도자의 명단을 작성하는 일이었다. 릭은 명단에 있는 사람들을 모두 찾아가 자문과 지원을 요청했다.

전문가들은 릭의 새로운 접근 방식, 즉 학생들에게 무엇을 배우고 싶어 하는지 직접 물어보는 방식에 깊은 인상을 받았지만 구체적인 도움을 주려고 하지 않았다. 그들이 릭에게 하는 말은 격려와는 거리가 멀었다.

"자넨 너무 어려. 대학으로 돌아가게. 먼저 학위를 따야지. 그 다음에 대학원에 진학해서 이 연구를 계속하게나."

하지만 릭은 포기하지 않았다. 스무 살이 된 릭은 이미 자신의 차와 옷가지를 전부 팔아버린 뒤였고, 친구들에게 진 빚이 3만 2천 달러나 되었다. 누군가 릭에게 사회재단을 찾아가서 후원금을 요청해보라고 조언했다.

맨 처음에 찾아간 사회재단은 실망만 안겨주었다. 재단 사무실로 들어간 릭은 겁이 나서 문자 그대로 온몸이 덜덜 떨렸다. 재단 부회장이란 사람은 덩치가 크고 냉정하기 짝이 없는 얼굴 표정을 한 남자였다.

릭이 30분이 넘게 열의를 다해서 어머니의 자살 시도 사건과 2천 명을 대상으로 한 설문 조사 결과, 그리고 고등학생을 위한 새로운 내용의 교육 프로그램에 대한 계획을 설명하는 동안 남자는 말 한마디 없이 듣고만 있었다.

릭의 얘기가 끝나자 부회장은 한 묶음의 서류 뭉치를 릭 앞에 던지면서 말했다.

"이보게 친구, 난 이곳에서 20년이 넘도록 일해왔네. 그동안 우리 재단은 여기에 적힌 교육 프로그램들을 전부 후원했지. 그런데 결과는 모두 실패였어. 자네의 계획도 실패로 끝날 거야. 이유가 뭐냐고? 그거야 분명하지. 자넨 스무 살밖에 안 됐고, 아무런 경험도 돈도 없으며, 대학 졸업장조차 없어. 말 그대로 아무것도 없다고!"

릭은 재단 사무실을 떠나면서 그 부회장의 말이 틀렸음을 증명해 보이겠다고 다짐했다.

릭은 먼저 십대 청소년들을 위한 교육 프로그램에 관심이 있는 재단을 조사하기 시작했다. 그런 다음 몇 달에 걸쳐서 후원금 신청서를 작성했다. 생각만큼 간단한 일이 아니었다. 이른 새벽부터 밤늦게까지 이 일에 매달려야 했다. 각 재단의 관심 방향과 요구 사항에 맞춰 일일이 후원금 신청서를 작성하느라 꼬박 1년이 걸렸다.

희망과 기대에 부푼 릭은 신청서를 각 재단에 보냈지만, 곧바로 되돌아왔다. 모두 거절당한 것이다.

릭이 보내는 신청서마다 모두 거부당했다. 155번째 신청서마저 거부당하자 그나마 릭을 지원하던 사람들이 흔들리기 시작했다. 릭의 부모는 그에게 다시 대학으로 돌아가라고 설득했고, 교육학자이면서 그동안 직장을 떠나 릭의 신청서 작성을 도왔던 켄 그린도 말했다.

"릭, 난 이제 돈이 한 푼도 없어. 내겐 돌봐야 할 아내와 아이들이 있어. 이제 마지막 남은 신청서에 기대를 걸어보겠네. 만일 그것마저 실패한다면 나는 털리도로 돌아가 다시 교사 생활을 시작해야 해."

릭에게는 마지막 한 번의 기회만이 남았다. 절망 속에서도 아직 확신을 버리지 않은 릭은 몇 명의 비서를 설득해 켈로그 재단의 회장 루스 모비 박사에게 점심 약속을 얻어내는 데 성공했다.

점심을 먹으러 가다가 모비 박사와 릭은 아이스크림 가게를 지나게 되었다.

모비 회장이 물었다.

"하나 먹겠나?"

릭은 고개를 끄덕였다. 긴장한 릭은 자신도 모르게 아이스크림을 꽉 움켜쥐었다. 아이스크림콘은 부서지고 초콜릿 아이스크림이 손가락 사이로 흘러내렸다.

당황한 릭은 흘러내린 아이스크림을 닦아내려고 애를 썼지만 모비 박사가 금방 눈치채고 말았다. 모비 박사는 웃음을 터뜨리고는 아이스크림 파는 사람에게 냅킨 여러 장을 얻어 릭에게 건네주었다.

릭은 홍당무가 된 얼굴로 차에 올라탔다. 비참하기 이를 데 없었다. 아이스크림 하나 제대로 다루지 못하는 친구가 어떻게 새로운 교육 프로그램에 대한 후원금을 신청할 수 있단 말인가.

2주일 뒤, 모비 회장이 릭에게 전화를 걸었다.

"릭, 자네는 우리에게 5만 5천 달러의 후원금을 신청했네. 미안하지만 우리 위원회의 투표 결과 신청은 거부되었네."

릭의 눈에서는 눈물이 쏟아지기 직전이었다. 하나의 꿈을 실현하기 위해 2년 동안이나 정열을 바쳤는데 이제 모든 것이 물거품으로 돌아가고 있었다.

그때 모비 회장이 말했다.

"우리 위원회에서는 자네의 교육 프로그램을 실행하기에는 신청한 금액이 부족하다는 결론을 내렸지. 그래서 자네에게 13만 달러의 후원금을 주기로 만장일치로 합의를 보았네."

그 말을 듣는 순간 릭은 기쁨의 눈물이 왈칵 쏟아져 더듬거리느라 감사하다는 말조차 제대로 할 수 없었다.

그 후 릭은 자신의 꿈을 실천에 옮기기 위해 1억 달러의 기금을 모집했다. 그가 만든 '삶의 기술 프로그램The Quest Skills Program'은 현재 32개 나라와 미국 50개 주의 3만여 학교에서 가르치고 있으며, 해마다 3백만 명의 아이들이 이 프로그램을 통해 삶의 중요한 기술들을 배우고 있다. 이 모든 것은 열아홉 살의 한 젊은이가 '그건 불가능해!'라는 주위의 지적을 인정하지 않았기 때문에 이뤄진 것이다.

'삶의 기술' 프로그램의 믿어지지 않는 성공에 힘입은 릭은 1989년에 자신의 꿈을 더 확장시켰다. 그는 미국 역사상 두 번째로 큰 규모의 후원금인 6천 5백만 달러를 모집해 '국제청소년재단The International Youth Foundation'을 설립했다. 이 협회의 목적은 전 세계의 성공적인 청소년 프로그램들을 서로 연결하고 확대해나가는 것이다.

소중한 영감에 정열을 다 바친 릭 리틀의 인생은 자신의 꿈을 이룰 때까지 끝없이 추구해간 인생의 표본이다.

페기 만

또 하나의 표시를

어느 비 내리는 오후, 열다섯 살 존 고다드는 로스앤젤레스에 있는 자기 집 식탁에 앉아 하나의 계획을 떠올렸다. 그는 노란색 종이 한 장을 가져다가 맨 위에 '내 인생 목표'라고 썼다. 제목 아래에 존은 127가지의 인생 목표를 적어 내려갔다. 그 후 현재까지 존은 그중 108가지 목표를 이루었다.

다음 목록이 존의 인생 목표 127가지이다. 이 목표는 결코 쉽지도 간단하지도 않다. 여기에는 세계의 주요 고산지대 등반과 큰 강 탐사 등을 비롯해 1.6킬로미터를 5분 안에 주파하기, 셰익스피어 전집 읽기와 브리태니커 백과사전 전권 읽기라는 도전도 있다. 존은 아직 남아 있는 열아홉 가지의 목표에 하나씩 표시를 해나가고 있다.

탐험할 곳

1. 이집트의 나일 강
2. 남미의 아마존 강
3. 아프리카 중부의 콩고 강
4. 미국 서부의 콜로라도 강
5. 중국 양쯔 강
6. 서아프리카 니제르 강
7. 베네수엘라의 오리노코 강
8. 니카라과의 리오코코 강

원시 문화 답사

9. 콩고
10. 뉴기니 섬
11. 브라질
12. 인도네시아 보르네오 섬
13. 북아프리카 수단(존 고다드는 이곳에서 모래 폭풍을 만나 산 채로 매장당할 뻔했음)
14. 호주

15. 케냐

16. 필리핀

17. 탕가니카(현재의 탄자니아)

18. 에티오피아

19. 나이지리아

20. 알래스카

등반할 산

21. 에베레스트 산

22. 아르헨티나 아곤카과 산

23. 매킨리 산

24. 페루 후아스카란 봉

25. 킬리만자로 산

26. 터키 아라라트 산

27. 케냐 산

28. 뉴질랜드 쿡 산

29. 멕시코 포포카테페틀 산

30. 마터호른 산

31. 라이너 산

32. 일본의 후지 산

33. 베수비오 산

34. 자바 섬 브로모 산

35. 그랜드테튼 산

36. 캘리포니아 볼디 산

배워야 할 것

37. 의료 활동과 탐험에서 많은 경력을 쌓을 것(현재까지 원시 부족들 사이에 전해져오는 다양한 치료법과 약품 제조술을 배웠음)

38. 나바호 족과 호피 족 인디언에 대해 배울 것

39. 비행 조종술 배우기

40. 로즈 퍼레이드(캘리포니아에서 매년 1월 1일에 열리는 장미 축제 행렬)에서 말타기

사진 찍기

41. 브라질 이과수 폭포

42. 짐바브웨의 빅토리아 폭포(이 과정에서 존 고다드는 아프리카 흑멧돼지에게 쫓겨다녔음)

43. 뉴질랜드의 서덜랜드 폭포

44. 미국 요세미티 폭포

45. 나이아가라 폭포

46. 마르코 폴로와 알렉산드로스 대왕의 발자취 따라가기

수중 탐험

47. 플로리다의 산호초

48. 호주의 그레이트배리어리프(이곳에서 존은 135킬로그램의 대합조개 촬영에 성공했음)

49. 홍해

50. 피지 군도

51. 바하마 군도

52. 오키페노키 습지와 에버글레이즈 습지 탐험

여행할 곳

53. 북극과 남극

54. 만리장성

55. 파나마 운하와 수에즈 운하

56. 이스터 섬

57. 바티칸 시(교황을 봤음)

58. 갈라파고스 군도

59. 타지마할

60. 피사 사탑

61. 에펠 탑

62. 블루그로토

63. 런던 탑

64. 호주 에어스 록 등반

65. 멕시코 치첸이트사의 성스런 우물

66. 요르단 강을 따라 갈릴리 해부터 사해까지

수영할 곳

67. 니카라과 호수

68. 빅토리아 호수

69. 슈피리어 호수

70. 탕가니카 호수

71. 티티카카 호수

해낼 일

72. 독수리 스카우트 단원 되기

73. 잠수함 타기

74. 항공모함에서 비행기 이착륙시키기

75. 전 세계 모든 국가를 가볼 것(현재 30개 나라가 남았음)

76. 소형 비행선, 열기구, 글라이더 타기
77. 코끼리, 낙타, 타조, 야생말 타기
78. 4.5킬로그램의 바닷가재와 25센티미터의 전복 채취하기
79. 스킨다이빙으로 12미터 해저로 내려가서 2분 30초 동안 숨을 참기
80. 1분에 50자 타자치기
81. 플루트와 바이올린 연주
82. 낙하산 타고 뛰어내리기
83. 스키와 수상스키 배우기
84. 복음 전도 참여
85. 존 뮤어의 탐험길 따라가기
86. 원시 부족의 의약품을 공부해 유용한 것 가져오기
87. 코끼리, 사자, 코뿔소, 케이프 버팔로(남아프리카 들소), 고래 촬영
88. 펜싱 배우기
89. 일본 무술 배우기
90. 대학교에서 강의하기
91. 해저 세계 탐험하기
92. 타잔 영화에 출연하기(이것은 이제 시대에 뒤떨어진 소년 시절의 꿈이 되었다)

93. 말, 침팬지, 치타, 오실롯, 코요테를 키워볼 것(아직 침팬지와 치타가 남았음)
94. 발리의 장례식 참관
95. 아마추어 햄 무선국의 회원이 될 것
96. 자기 소유의 천체 망원경 세우기
97. 내가 쓴 책 한 권 갖기(나일 강 여행에 관한 책을 출판했음)
98. 〈내셔널 지오그래픽〉에 기사 싣기
99. 몸무게 80킬로그램 유지(현재까지 잘 유지하고 있음)
100. 윗몸 일으키기 200회, 턱걸이 20회 하기
101. 프랑스어, 스페인어, 그리고 아랍어를 배울 것
102. 코모도 섬에 가서 날아다니는 도마뱀의 생태를 연구할 것(섬에 접근하다가 32킬로미터 앞에서 배가 뒤집히는 바람에 실패했음)
103. 높이뛰기 1미터 50센티
104. 넓이뛰기 4미터 50센티
105. 1.6킬로미터를 5분에 주파하기
106. 덴마크에 있는 소렌슨 외할아버지의 출생지 방문
107. 영국에 있는 고다드 할아버지의 출생지 방문
108. 선원 자격으로 화물선에 승선할 것
109. 브리태니커 백과사전 전권 읽기(현재까지 각 권의 대부분

을 읽었음)

110. 성경을 처음부터 끝까지 읽기

111. 윌리엄 셰익스피어, 플라톤, 아리스토텔레스, 찰스 디킨스, 헨리 데이비드 소로, 에드거 앨런 포, 장 자크 루소, 프랜시스 베이컨, 어니스트 헤밍웨이, 마크 트웨인, 윌리엄 버로우스, 조지프 콘래드, 탈메이지, 레프 톨스토이, 헨리 롱펠로, 존 키츠, 월트 휘트먼, 랠프 월도 에머슨 등의 작품 읽기(작가의 모든 작품은 아니더라도)

112. 바흐, 베토벤, 드뷔시, 이베르, 멘델스존, 랄로, 림스키 코르사코프, 레스피기, 리스트, 라흐마니노프, 스트라빈스키, 에른스트 토흐, 차이콥스키, 베르디의 음악 작품과 친숙해지기

113. 비행기, 오토바이, 트랙터, 윈드서핑, 권총, 엽총, 카누, 현미경, 축구, 농구, 활쏘기, 부메랑을 능숙하게 다루기

114. 음악 작곡

115. 피아노로 베토벤의 〈월광〉 연주

116. 불 위를 걷는 의식 구경하기(발리와 남미의 수리남에서 구경했음)

117. 독사의 독 빼내기(이 과정을 사진 찍다가 등에 마름모 무늬가 있는 뱀에게 물렸음)

118. 영화 촬영 스튜디오 구경
119. 폴로 경기 하는 법 배우기
120. 22구경 권총으로 성냥불 켜기
121. 쿠푸(기자에 대大 피라미드를 세운 이집트 제4왕조의 왕)의 피라미드 오르기
122. 탐험가클럽과 모험가클럽에 가입
123. 걷거나 배를 타고 그랜드캐니언 여행
124. 배를 타고 지구를 일주할 것(현재까지 네 차례의 일주를 마쳤음)
125. 달 여행("신의 뜻이라면 언젠가는!")
126. 결혼해서 아이를 가질 것(지금 다섯 명의 자녀를 두었음)
127. 21세기에 살아볼 것(그때가 되면 존은 일흔 다섯 살이 될 것이다)

존 고다드

가슴이 원하는 삶

내게는 몬티 로버츠라는 친구가 있다. 샌 이시드로에 커다란 말 목장을 갖고 있는 친구다. 나는 매번 목장 안에 있는 그의 집을 빌려 불우 청소년을 위한 기금 마련 행사를 해왔다.

지난번 행사가 열렸을 때 몬티 로버츠는 참석자들에게 나를 소개하며 이렇게 말했다.

"제가 왜 잭 캔필드 씨에게 이 집을 빌려주는지 그 이유를 여러분은 잘 모르실 겁니다. 오늘은 그 이야길 들려드리고 싶군요. 이야기는 스무 해 전의 한 소년에게로 거슬러 올라갑니다. 소년의 아버지는 마구간에서 마구간으로, 경마장에서 경마장으로, 목장에서 목장으로 말을 훈련시키며 돌아다니는 떠돌이 말 조련사였습니다. 그래서 소년은 고등학교 시절에 끊임없이 학교를 옮겨 다녀야 했습니다.

졸업반이 되었을 때 담임 선생님은 학생들에게 훗날 어른이 되면 어떤 인물이 되어 무슨 일을 하고 싶은지 써보라는 숙제를 내주었습니다.

그날 밤 소년은, 언젠가는 거대한 말 목장의 주인이 되겠다는 인생 목표를 일곱 장의 종이에 걸쳐 깨알같이 적어 내려갔습니다. 소년은 자신의 꿈을 아주 상세히 적었습니다. 건물과 마구간과 트랙이 있는, 25만 평에 달하는 목장의 설계도를 그렸습니다. 그리고 자신이 꿈꾸는 목장 안에 지을 백 평짜리 집 평면도도 덧붙였습니다. 소년은 목장 설계에 온 마음을 쏟아부었습니다. 그리고 다음 날 선생님께 제출했지요.

이틀 뒤 소년은 숙제를 되돌려 받았습니다. 겉장에는 크고 빨간 글씨로 'F'가 적혀 있었고, '수업 끝난 후 나를 만날 것!'이란 쪽지가 붙어 있었습니다.

꿈을 가진 그 소년은 수업이 끝난 뒤 선생님을 찾아가 물었습니다.

'왜 제가 F학점을 받아야 하죠?'

선생님이 말씀하시더군요.

'이 꿈은 너 같은 환경의 아이한테는 너무나 비현실적이야. 넌 돈이 한 푼도 없는 데다가 지금 여러 도시를 떠돌아다니는 형편이잖아. 넌 자원이 없어. 말 목장을 하려면 막대한 돈이 필요하다. 땅도 사야 하고, 말도 사야 하고, 종마 값도 치러야 해. 너한테는 이 모든 걸 감당할 능력이 없다.'

그러면서 선생님은 덧붙였습니다.

'네가 좀 더 현실적인 목표를 세워 숙제를 다시 제출한다면 학점을 재고해보겠다.'

소년은 집으로 돌아가 깊이 생각했습니다. 소년은 아버지에게 의견을 구했습니다. 아버지가 말씀하셨습니다.

'아들아, 이것에 대해선 너만이 결정할 수 있다. 그리고 그 결정이 너에게 굉장히 중요하다고 난 생각한다.'

일주일 동안 심사숙고한 소년은 전에 냈던 숙제를 하나도 고치지 않고 그대로 제출했습니다.

'선생님께선 F학점을 주세요. 전 제 꿈을 간직할 테니까요.'

소년은 선생님에게 그렇게 말했습니다."

여기까지 말하고 나서 몬티 로버츠는 잠시 참석자들을 둘러보았다.

"제가 이 이야기를 여러분들에게 들려주는 이유는 여러분들이 지금 25만 평의 목장 안에 세워진 백 평짜리 집에 들어와 있기 때문입니다. 전 아직도 당시 작성했던 숙제를 액자에 넣어 벽

난로 위에 보관하고 있습니다."

몬티 로버츠는 이어서 말했다.

"이제 제 이야기에서 가장 흥미로운 부분을 들려드리겠습니다. 2년 전 여름 바로 그 선생님께서 서른 명의 학생을 데리고 이 목장에 와서 일주일간 야영대회를 하고 갔습니다. 떠나면서 선생님은 제게 말씀하셨습니다.

'이보게, 몬티. 난 이제 자네에게 말해야겠네. 내가 자네를 가르치는 선생이었을 때 난 꿈을 훔치는 도둑이었지. 그 시절 난 참 많은 아이들의 꿈을 훔쳤어. 다행히도 자네는 굳센 의지가 있어서 꿈을 포기하지 않았지.'

선생님은 제 어깨를 두들겨주시고서 이곳을 떠나셨습니다. 이상으로 제 이야기를 마칩니다. 여러분 모두 즐거운 시간을 보내시길 바랍니다."

누구도 당신의 꿈을 훔쳐가게 하지 마라. 그 꿈이 무엇이든지 당신 가슴이 원하는 대로 따르라.

잭 캔필드

소망 그림책

1977년 나는 로스앤젤레스에서 혼자 세 딸을 데리고 집세와 자동차 할부금을 부어가며 힘겹게 살고 있었다. 나는 꿈과 희망을 되찾을 필요가 있음을 느꼈다.

어느 날 저녁 참석한 세미나에서 어떤 강사가 '상상력×생동감 = 현실'이라는 원리를 설명했다. 강사는 우리가 문자가 아닌 영상으로 생각한다는 점을 강조했다. 따라서 자신이 원하는 것을 마음의 화면에 생생한 그림으로 떠올리면 그것이 곧 현실로 나타난다고 강조했다.

이 세미나는 내 안에 있던 창조성을 일깨우는 계기가 되었다. 성경의 시편에 나오는 대로 신께서는 우리 모두에게 '우리의 가슴이 원하는 것'을 준다는 사실을 난 믿고 있었다. 또한 잠언 23장 7절의 '사람은 그 마음속에 생각하는 바대로 된다'는 말이 거짓이 아님을 난 잘 알고 있었다.

집으로 돌아온 나는 곧바로 나의 소망 목록을 작성해 그것을 그림으로 만들어보기로 했다. 낡은 잡지를 꺼내놓고 '내 가슴이 원하는 것'을 잘 표현해주는 그림을 오려내기 시작했다.

나는 그림을 멋진 앨범 속에 정리해놓고는 어떤 결과가 일어날지 기대에 찬 마음으로 기다렸다.

내가 고른 그림에는 내가 소망하는 것들이 아주 구체적으로 잘 담겨 있었다. 소망 목록은 아래와 같았다.

1. 잘생긴 남자
2. 웨딩드레스를 입은 여자와 턱시도를 입은 남자
3. 꽃으로 만든 부케(난 낭만적인 편이다)
4. 아름다운 다이아몬드
5. 카리브 해의 푸른 바다에 떠 있는 작은 섬
6. 사랑이 넘치는 아름다운 가정
7. 새로 산 가구
8. 최근에 큰 회사의 이사가 된 여성(난 당시 여성 간부라고는 한 명도 없는 회사에서 근무하고 있었다. 난 그 회사의 첫 번째 여성

이사가 되고 싶었다)

그로부터 두 달쯤 지난 어느 날, 아침 10시 반에 약속이 있던 나는 차를 몰고 캘리포니아 프리웨이를 열심히 달리고 있었다. 그때 갑자기 빨간색과 흰색이 어우러진 멋진 캐딜락이 내 차를 추월했다. 너무 세련된 차였기 때문에 그 순간 나도 모르게 흘끗 그 차를 쳐다보았다.

캐딜락 운전사도 나를 보고 미소 지었다. 나도 무의식 중에 미소를 보냈다. 난 언제나 미소를 잘 짓는 편이다.

그런데 그 미소 때문에 그만 큰 문제에 직면하고 말았다. 그 남자가 계속 날 따라오기 시작한 것이다. 당신도 그런 경우가 있을지 모른다. 무심코 미소를 지었는데 내가 자신에게 호감이 있다고 상대방이 오해한 것이다.

난 그 남자를 쳐다보지 않는 척하느라 애썼다. 그리고 혼자 중얼거렸다.

'날 어떤 여자로 보는 거야? 난 당신 같은 사람에겐 아무 관심도 없다고.'

난 앞만 바라보려고 노력하며 열심히 차를 몰았다. 남자는 25킬로미터 정도 내 차를 쫓아왔다. 난 겁이 나서 죽을 것만 같았다. 몇 킬로미터를 더 달렸다. 그 역시 몇 킬로미터를 더 쫓아왔다. 내가 차를 세우자 그도 차를 세웠다……. 그리고 마침내 난 그 남자와 결혼하고 말았다.

첫 번째 데이트를 한 날, 그 사람은 내게 장미 열 송이를 보냈다. 그리고 나는 그에게 특별한 취미가 있다는 걸 알게 되었다. 특이하게도 그는 다이아몬드를 수집하는 취미가 있었다. 그것도 큰 다이아몬드를! 게다가 그는 자신의 다이아몬드로 장식해줄 누군가를 찾고 있었다. 물론 내가 자원하고 나섰음은 두말할 필요도 없다.

우리는 2년 동안 만났고, 그는 나에게 매주 월요일 아침 줄기가 긴 붉은색 장미와 사랑의 쪽지를 보냈다.

결혼하기 세 달 전쯤 그 사람은 나에게 제안했다.

"신혼여행지로 어울릴 만한 완벽한 장소를 발견했어요. 카리브 해에 있는 세인트 존스 섬 어때요?"

난 함박웃음을 지으며 말했다.

"정말 생각지도 못했던 장소예요!"

결혼한 지 1년이 지나도록 난 그에게 소망 그림책 이야기를 하지 않았다.

그 무렵 우리는 멋진 새 집으로 이사를 했으며, 내가 그림책에 오려두었던 것과 똑같은 우아한 가구로 집을 꾸몄다. 남편은 동부 스타일의 아름다운 가구를 서부에 판매하는 큰 가구 도매상이었다.

우리는 미국 서부에서 가장 아름다운 해변 도시로 알려진 러구나 비치에서 결혼식을 올렸다. 웨딩드레스와 턱시도 역시 내가 그리던 대로였다. 그리고 소망 그림책을 만든 지 불과 여덟 달 만에 나는 내가 일하던 회사 HR부서의 부사장이 되었다.

어떻게 들으면 내 이야기가 동화처럼 여겨지겠지만, 어쨌든 이 모든 것이 전부 사실이다. 결혼한 이후 지금까지 남편과 나는 많은 '소망 그림책'을 만들어왔다. 신은 이 강력한 믿음의 원리를 우리의 삶 속에 그대로 실현시켜주셨다.

당신 삶에서 현재 자신이 무엇을 원하는지 생각하고 결정하라. 그리고 그것이 마치 현실인 양 상상하라. 그런 다음 그것을 소망 그림책으로 구체화해보라. 이 간단한 연습을 통해서 당신의 마음속에 있는 생각들을 구체적인 현실로 만들어내는 것이다. 그리고 이 점을 기억하라. 신은 우리 모두에게 '우리의 가슴이 원하는 것'을 주겠노라고 약속했다는 사실을.

글레나 샐스버리

당신은 비판을 이길 만큼 강한가

중요한 것은 비판이 아니다.

누가 어떻게 비틀거렸으며 어디서 실수를 저질렀는가를

지적하는 사람은 중요하지 않다.

중요한 것은

실제로 인생의 경기장에 뛰어들어

먼지와 땀과 피로 얼룩지고 얼굴이 상처 입은 사람

용감하게 재도전하고

연거푸 실수하고, 모자라다 해도 결코 포기하지 않는 사람

자신의 일에 정열을 다 쏟는 사람

또한 가치 있다고 생각하는 목적에 인생을 바치는 사람이다.

그는 크게 성공했든

과감히 도전했으나 실패했든

자신이 결코 승리도 패배도 모르는

냉정하고 용기 없는 영혼이 아니라는 사실을 깨닫게 되리라.

시어도어 루스벨트

나는 당신의 러브맨입니다

아무런 준비 없이 기회를 맞이하는 것보다는, 차라리 준비는 되었지만 아직 기회가 찾아오지 않은 편이 더 낫다.

휘트니 영 2세

레스 브라운과 쌍둥이 남동생은 미국 마이애미 빈민가에서 태어났다. 두 아이는 파출부와 식당 주방일을 해서 먹고사는 마미 브라운에게 입양되었다.

레스는 잠시도 가만히 있지 못하는 과잉행동증세와 끊임없이 떠들어대는 성격 때문에 초등학교부터 고등학교까지 특수 학급에서 수업을 들어야만 했다.

학교를 졸업한 레스는 마이애미 해변에서 시청 청소과 직원으로 근무하기 시작했다. 그러나 그의 꿈은 라디오 방송 디제이가 되는 것이었다.

밤마다 그는 잠들 때까지 트랜지스터라디오를 틀어놓고 지역 음악 프로그램 방송에 열심히 귀를 기울였다. 그리고 찢어진 비닐 장판이 깔린 자신의 좁은 방을 방송 스튜디오라 상상하며 머리빗을 마이크 삼아 보이지 않는 상상 속 청취자를 향해 끝없이 떠들었다.

얇은 벽을 사이에 두고 지내던 어머니와 남동생은 그에게 그만 좀 입을 나불거리고 잠이나 자라고 고함을 질렀다. 하지만 레스는 들은 체도 하지 않았다. 자기만의 세계에 파묻혀 꿈을 먹고 살았다.

어느 날 레스는 시청에서 잔디를 깎다가, 점심시간을 틈타 지역 라디오 방송국을 찾아갔다. 용기를 내 방송국 매니저 사무실로 찾아간 그는 디제이가 되고 싶다는 자신의 꿈을 말했다.

매니저는 헝클어진 머리에 밀짚모자를 쓰고 작업복을 입은 청년을 위아래로 훑어보았다. 그러고는 그에게 물었다.

"자네는 방송과 관련된 경험이 있나? 아니면 공부를 해본 적이 있는가?"

레스가 대답했다.

"아뇨, 선생님. 경험은 전혀 없습니다."

매니저가 말했다.

"젊은 친구, 미안하지만 여기엔 자네가 할 만한 일이 없는 것 같네."

레스는 공손한 태도로 감사하다고 말하고는 그곳을 떠났다.

매니저는 이 젊은 친구를 다시는 만나지 않게 되리라 생각했다. 그러나 그 생각은 레스의 굳센 의지를 과소평가한 것이다. 사실 레스는 라디오 방송 디제이 이상의 소중한 목표를 갖고 있었다. 그것은 자신이 깊이 사랑하는 양어머니에게 멋진 집을 사 주는 일이었다. 디제이라는 직업은 단지 목표를 이루기 위한 첫 단계에 불과했다.

양어머니 마미 브라운은 늘 레스에게 꿈을 포기하지 말라고 가르쳤다. 그래서 레스는 방송국 매니저가 뭐라고 말하든 자신이 방송국에서 일자리를 얻게 되리라 굳게 믿었다.

레스는 그날부터 일주일 동안 하루도 빠짐없이 방송국을 찾아가 혹시 일자리가 있느냐고 물었다. 마침내 두 손을 든 방송국 매니저는 그에게 심부름을 하게 했다. 당연히 월급은 아예 없었다.

처음에 레스는 커피 심부름을 하거나 스튜디오를 떠나지 못하는 디제이를 위해 점심과 저녁 식사를 가져다주는 일을 맡았다. 일에 대한 열정으로 디제이들의 신뢰를 쌓은 레스는 당시 유명했던 템테이션, 슈프림스, 다이애나 로스 같은 가수를 방송국 캐딜락에 태우고 오는 일도 하게 되었다. 레스가 운전면허가 없다는 사실을 그들 중 아무도 눈치채지 못했다.

레스는 방송국에서 시키는 일이면 무엇이든 했다. 사실 그 이상을 했다. 레스는 디제이들의 심부름을 하며, 어깨 너머로 방송 기재 다루는 법을 익혔다. 그들이 나가라고 할 때까지 방송실에 남아서 배울 수 있는 모든 걸 배웠다. 레스는 밤에 집에 돌아와 낮에 익힌 것을 연습하면서 언젠가 기회가 다가오리라 믿고 스스로 준비를 해나갔다.

어느 토요일 오후였다. 레스는 방송실에서 기웃거리고 있었고, 록이라는 디제이는 생방송 중에 계속 술을 마시고 있었다. 방송국에 남아 있는 사람은 레스뿐이었다. 레스는 록이 저렇게 술을 마시다가는 방송을 제대로 끝내지 못하리라 생각했다. 그래서 그는 그 자리를 떠나지 않고 계속 지켜보았다.

레스는 록의 방송실 유리창 앞에서 계속 왔다갔다하며 안을 기웃거렸다. 그러고는 마음속으로 혼자 외쳤다.

'좋아, 록. 계속 술을 마시라고!'

오랫동안 기회를 기다려온 레스는 이제 충분히 준비가 되어 있었다. 만일 록이 술을 더 사오라고 시켰다면 당장에 거리로 달려나가 더 사왔을 것이다. 그때 전화벨이 울렸다. 레스는 재빨리 뛰어가서 수화기를 들었다. 예상했던 대로 방송국 매니저였다.

"레스, 나 클라인이야."

레스가 대답했다.

"네, 알고 있어요."

매니저가 걱정에 찬 목소리로 말했다.

"레스, 내 생각엔 록이 오늘 프로를 끝내지 못할 것 같네."

레스가 말했다.

"네, 매니저님. 저도 그렇게 생각합니다."

매니저가 지시했다.

"다른 디제이에게 연락해서 상황을 설명하고 빨리 와서 방송을 대신 맡으라고 말해주겠나?"

"네, 매니저님. 그렇게 할게요."

그러나 수화기를 내려놓으면서 레스는 스스로에게 외쳤다.

'자, 드디어 기회가 왔다! 매니저는 아마도 내가 미쳤다고 생각하겠지.'

레스는 전화를 걸기 시작했다. 다른 디제이들에게 거는 전화가 아니었다. 레스는 먼저 양어머니, 이어 여자 친구에게 차례대로 전화를 걸었다.

"모두들 라디오가 있는 곳으로 달려가서 방송을 들으세요. 내가 곧 방송에 출연하니까요."

15분쯤 기다렸다가 레스는 매니저에게 전화를 걸었다.

"클라인 씨, 아무도 찾을 수가 없어요."

그러자 클라인 씨가 말했다.

"젊은 친구, 자네 혹시 방송기기 작동하는 법을 알고 있나?"

레스는 얼른 대답했다.

"물론입니다, 매니저님."

레스는 방송실 안으로 돌진하듯이 뛰어 들어갔다. 그러고는 술에 취한 록을 살며시 끌어낸 다음에 전축 앞에 앉았다. 이제 준비가 되었다. 지금까지 너무나 오랫동안 굶주려왔다.

레스는 마이크 스위치를 가볍게 올렸다. 그런 다음 첫 방송을 시작했다.

"여기를 보세요! 여기에 내가 왔습니다. 내 이름은 엘비(LB), 즉 여러분의 매력적인 친구 레스 브라운입니다. 나를 능가할 디제이는 어제도 없었고, 내일도 없을 것이며, 영원히 없을 것입니다. 세상에 나는 오직 한 사람뿐입니다. 젊고, 독신이고, 사람과 사귀기 좋아하는 남자. 틀림없이, 확실히 여러분을 만족시킬 행동파 디제이! 여기를 보세요. 나는 여러분의 사랑하는 친구 러어어어어브 맨입니다!"

늘 준비되어 있던 그는 청취자와 매니저를 단숨에 사로잡았다. 이 운명적인 출발 이후 레스는 라디오 방송, 정치, 대중 강연, 텔레비전 분야에서 성공적인 경력을 쌓아가기 시작했다.

잭 캔필드

대가를 지불할 준비

13년 전, 나는 그린스포인트 쇼핑센터에서 아내 메리앤과 함께 미용실을 운영하고 있었다. 날마다 한 베트남인이 도넛을 팔러 우리 미용실에 들렀다. 그는 영어를 거의 하지 못했지만 언제나 미소 진 얼굴이었다. 우리는 손짓과 미소를 통해 서로를 알게 되었다. 그의 이름은 레 반 부였다.

레는 낮엔 빵집에서 일을 하고 밤에는 아내와 함께 테이프를 들으며 영어를 배웠다. 나는 그들 부부가 빵집 뒷방에서 톱밥이 가득 든 자루를 바닥에 깔고 잔다는 사실을 나중에 알게 되었다.

반 부 집안은 동남아시아에서 손꼽힐 정도로 부자였다. 그들은 북베트남 면적의 약 3분의 1에 해당하는 토지를 소유했다. 뿐만 아니라 대규모 공장과 부동산도 갖고 있었다. 그러나 아버지가 잔인하게 살해된 뒤 레는 어머니와 함께 남베트남으로 이주해 학교를 다녔고 마침내 변호사가 되었다.

아버지와 마찬가지로 레 역시 많은 재산을 모았다. 그는 남베트남에 미국인들의 숫자가 점점 늘어나는 걸 보고는 그들을 위한 주택을 짓기 시작했다. 오래지 않아 그는 베트남에서 가장 성공적인 건축가가 되었다.

그러나 레는 북부 지역을 여행하던 중 월맹군에게 체포되어 3년이라는 긴 시간 동안 감옥 생활을 했다. 그는 다섯 명의 군인을 죽인 후 탈출해 남베트남으로 왔으나 그곳에서 다시 정부에 체포되었다. 이번에는 남베트남 정부가 그를 월맹군의 첩자인 줄 알았던 것이다.

감옥 생활을 마치고 다시 사회로 나온 레는 어업 회사을 시작했다. 몇 년 뒤 그는 남베트남에서 가장 큰 통조림 회사 사장이 되었다.

미군과 미국 대사관 직원들이 철수한다는 소식을 들은 레는 인생을 바꿀 큰 결정을 내렸다. 그동안 모아둔 금을 작은 어선에 싣고 아내와 함께 항구에 정박해 있는 미국 함정으로 다가갔다. 그는 전 재산을 내주고 필리핀까지 안전하게 실어다준다는 약속을 받아냈다. 필리핀에 도착한 두 사람은 곧바로 난민수용소에 수용되었다.

필리핀 대통령과 만나는 행운을 얻은 레는 대통령을 설득해 어선 한 척을 얻었다. 그는 다시 사업을 시작했다. 2년 뒤 필리핀을 떠나 미국으로 갈 때까지 레는 필리핀의 수산업을 발전시켰다. 미국으로 가는 것은 그의 궁극적인 꿈이었다.

그러나 미국으로 가던 도중 레는 아무것도 없이 밑바닥부터 다시 시작해야 한다는 것 때문에 실의와 좌절에 빠졌다. 모든 걸 포기하고 갑판에서 뛰어내리기 직전에 아내가 그를 발견했다.

"레!"

아내가 그에게 소리쳤다.

"당신이 바다로 뛰어내리면 난 어떻게 되죠? 우린 오랫동안 함께 살아왔고, 많은 일을 함께 겪었어요. 그러니 죽을 때도 함께 죽어요."

그 말이 레에게 큰 용기를 주었다.

1972년 레와 아내가 미국 휴스턴에 처음 도착했을 때, 그들의 주머니에는 돈이 한 푼도 없었다. 그리고 그들은 영어도 할 줄 몰랐다. 베트남에는 친척끼리 돕는 전통이 있기 때문에 레와 아내는 사촌이 운영하는 그린스포인트 쇼핑센터의 빵집 뒷방에서 미국에서의 첫 밤을 보냈다. 우리 부부의 미용실은 그곳에서 얼마 떨어지지 않은 곳에 있었다.

그들이 말하듯이, 본격적인 이야기는 이제부터 시작된다.

레의 사촌은 두 사람에게 일자리를 주었다. 레는 일주일에 175달러, 아내는 125달러를 받았다. 다시 말해 그들의 한 해 수입은 모두 합해 1만 5천 6백 달러였다. 나아가 그의 사촌은 그들이 3만 달러의 계약금만 지불할 수 있다면 빵집을 팔겠다고 제의했다. 나머지 9만 달러는 사촌이 빌려주기로 했다.

레와 아내는 이렇게 했다.

두 사람의 수입은 일주일에 3백 달러였으나 그들은 계속해서 빵집 뒷방에서 살기로 했다. 그들은 두 해 동안 쇼핑센터의 화장실에서 스펀지로 목욕을 했고 자기네 빵집의 빵으로만 식사를 했다. 두 해 동안 그들은 1년에 6백 달러의 생활비를 썼으며, 마침내 계약금으로 낼 3만 달러를 모을 수 있었다.

레는 말한다.

"우리가 일주일에 3백 달러를 번다고 해도 아파트에서 생활하려면 월세를 내야 했을 것이다. 물론 가구도 필요했을 것이다. 그다음엔 아파트에서 직장까지 오갈 교통수단으로 자동차를 한 대 사야 했을 것이다. 자동차에 따른 보험금뿐만 아니라 기름 값이 들었을 것이다. 그리고 아마도 우린 자동차를 끌고 여기저기 놀러가고 싶었을 것이고, 그러려면 옷과 화장품도 필요했을 것이다. 그래서 나는 우리가 아파트에서 살면 결코 3만 달러를 모을 수 없으리라는 걸 알았다."

이제 당신은 레 반 부에 대한 모든 이야기를 들었다고 생각하겠지만, 아직 더 남아 있다. 3만 달러로 빵집을 산 뒤 레는 다시금 아내와 마주앉아 진지한 토론을 했다. 사촌에게 진 빚이 9만 달러나 남아 있었다. 그래서 지난 두 해 동안 힘들긴 했지만 다시 한 해 더 빵집 뒷방에서 생활하기로 했다.

나의 친구이자 스승인 레는 빵집에서 나온 이익금을 그야말로 동전 한 푼까지 모은 끝에 1년 만에 사촌에게 진 빚을 모두 갚았다. 그리고 3년 뒤 수익성 높은 다른 사업을 시작했다.

그런 다음에야, 비로소 그때가 되어서야, 레 부부는 첫 아파트를 얻었다. 지금까지도 그들은 일정 금액의 돈을 계속 모으고 있다. 수입에서 아주 적은 액수로만 생활하며 저축을 하고 물건을 살 때는 항상 현금으로 지불한다.

그래서 당신은 레가 오늘날 백만장자가 되었을 것이라고 생각하는가?

아니다.

백만장자보다 수십 배가 넘는 부자가 되었다.

존 매코맥

빈민가 소년의 꿈

1957년에 캘리포니아에 살던 열 살 소년은 한 가지 목표를 세웠다. 그 무렵 가장 뛰어난 미식축구 러닝백은 단연코 짐 브라운이었다. 키가 크고 깡마른 소년은 짐 브라운의 사인을 받는 것이 꿈이었다. 자신의 목표를 이루기 위해서 소년은 몇 가지 장애물을 뛰어넘어야 했다.

빈민가에서 자란 소년은 배가 부를 때까지 먹어본 기억이 없었다. 영양실조에 걸렸고, 구루병까지 겹쳐 활처럼 휘어진 앙상한 다리를 쇠로 만든 부목으로 지탱해야 했다.

게다가 소년은 경기장에 들어갈 표를 살 돈조차 없었다. 그래서 경기가 끝날 때까지 선수 대기실 근처에서 끈기 있게 짐 브라운을 기다렸다. 마침내 짐 브라운이 나타나자 소년은 공손하게 사인을 부탁했다.

짐 브라운이 사인을 해서 건네주자, 소년이 말했다.

"미스터 브라운, 제 방 벽에 당신의 사진을 걸어놓았어요. 전 당신이 모든 최고 기록을 갖고 있다는 걸 알아요. 당신은 제 우상이에요."

짐 브라운은 미소 지으며 자리를 떠나려고 했다. 하지만 소년의 말은 아직 끝나지 않았다. 소년은 선언했다.

"미스터 브라운, 언젠가는 제가 당신이 가진 모든 기록을 깨고야 말 거예요!"

깊은 인상을 받은 짐 브라운이 물었다.

"꼬마야, 네 이름이 뭐니?"

소년이 대답했다.

"오렌탈 제임스예요. 친구들은 저를 오제이라고 부르죠."

그 후 부상으로 미식축구를 그만둘 때까지 오제이 심슨은 짐 브라운의 세 가지 기록을 모두 깼다.

목표 세우기는 인생에 가장 강력한 동기가 된다. 목표를 세우라. 그리고 실현하라.

댄 클라크

샌디에이고로 가는 티켓

나는 아내 린다와 함께 미국 플로리다 주 마이애미에 살고 있다. 이제부터 하는 이야기는 우리가 '작은 도토리' 프로그램을 막 시작했을 때의 일이다. 이 새로운 프로그램은 어린이들에게 마약이나 문란한 성 행위 같은 치명적인 유혹에 대해 '싫어'라고 말하는 법을 가르치기 위해 만들어졌다.

이 무렵 우리는 캘리포니아 주의 샌디에이고에서 열리는 한 교육 컨퍼런스의 안내 책자를 받았다. 안내 책자에는 이 분야의 중요한 인물들이 컨퍼런스에 참석한다고 나와 있었다. 우리도 역시 그곳에 반드시 가야만 했다.

하지만 방법이 없었다. 우리는 그때 막 프로그램을 시작해,

따로 사무실도 없이 집에서 일하고 있었다. 사업 초기에 각자 가지고 있던 돈도 이미 다 써버린 뒤였다. 따라서 우리에겐 샌디에이고까지 갈 비행기 표를 살 돈도, 그 밖에 필요한 경비도 없었다.

그러나 컨퍼런스에 꼭 참석해야 한다는 사실은 변함없었다. 우리는 방법을 찾기 시작했다.

나는 우선 샌디에이고에 있는 컨퍼런스 주최자에게 전화를 걸었다. 그리고 그에게 우리가 왜 그곳에 가야 하는지 이유를 설명한 다음, 초대권 두 장을 줄 수 있는지 물었다. 그는 우리의 경제적인 사정과 우리가 하고 있는 작업, 또 우리가 컨퍼런스에 꼭 참가해야 하는 이유를 듣더니 내 부탁을 들어주었다. 그래서 우린 두 장의 초대권을 받을 수 있었다.

나는 린다에게 초대권을 얻었으니 컨퍼런스에 참석할 수 있게 되었다고 말했다.

린다가 말했다.

"정말 잘됐네요! 하지만 우린 마이애미에 있고 컨퍼런스는 샌디에이고에서 열리잖아요. 이젠 어떻게 해야 하죠?"

내가 말했다.

"그곳까지 갈 교통수단을 찾아야지."

난 당시 괜찮은 항공사라고 생각했던 노스웨스트 사에 전화를 걸었다. 우연히도 회장의 비서가 전화를 받았다. 나는 그녀에게 내가 무엇을 필요로 하는지 설명했다.

비서는 내 전화를 곧바로 스티브 퀸토 회장에게 연결했다. 나는 퀸토 회장에게 방금 샌디에이고에 전화를 해서 초대권 두 장을 얻었는데 그곳까지 갈 일이 막막하다는 사정을 설명하고, 우리 부부에게 마이애미와 샌디에이고를 오가는 왕복 비행기 표 두 장을 제공할 수 있는지 물었다.

퀸토 회장은 바로 대답했다.

"물론 그렇게 해드려야죠."

대답이 너무 금방 나와서 어리둥절해하고 있던 나는 퀸토 회장의 다음 말을 듣고 더욱 당황했다.

"내게 이런 부탁을 해줘서 고맙소."

내가 되물었다.

"방금 뭐라고 말씀하셨죠?"

그가 말했다.

"사람들이 내게 부탁을 하지 않기 때문에 난 세상을 위해 좋은 일을 할 기회가 많지 않소. 내가 할 수 있는 최고의 일은 나 자신을 헌신적으로 바치는 일인데, 당신이 바로 그런 부탁을 내게 해주었소. 나로선 아주 멋진 기회이고, 이런 기회를 준 당신에게 감사하다고 말하고 싶소."

나는 완전히 얼떨떨했다. 아무튼 나는 감사하다고 말한 뒤 전화를 끊었다. 그리고 아내를 쳐다보며 말했다.

"여보, 방금 비행기 표 두 장을 구했어."

아내가 기뻐서 소리쳤다.

"와우! 정말 대단해요! 그런데 컨퍼런스에 참가하는 동안 잠은 어디에서 자죠?"

다음으로 나는 마이애미에 있는 홀리데이인 호텔에 전화를 걸어 호텔 본사 연락처를 물었다. 그들은 본사가 테네시 주 멤피스에 있다고 알려주었다.

난 곧바로 멤피스로 전화를 걸었다. 몇 차례 끝에 마침내 담당자와 통화를 할 수 있게 되었다. 그는 샌프란시스코에 살면서 캘리포니아 주에 있는 모든 홀리데이인 호텔을 관리하고 있었다. 나는 그에게 방금 비행기 표 두 장을 구했다며, 컨퍼런스를 위해 3일 동안 묵을 곳을 제공할 수 있는지 물어보았다.

그는 샌디에이고 시내에 새로 지은 홀리데이인 호텔이 있는데 그곳도 괜찮겠냐고 물었다.

내가 말했다.

"물론입니다. 괜찮고말고요."

그러자 그가 말했다.

"잠깐만요. 우리 호텔은 컨퍼런스가 열리는 대학교까지 60킬로미터 정도 떨어져 있습니다. 따라서 거기까지 갈 교통수단을 따로 마련하셔야 할 겁니다."

내가 말했다.

"정 필요하다면 말이라도 한 마리 구하겠습니다."

난 그에게 감사하다고 말하고 전화를 끊은 다음 린다에게 말했다.

"여보, 우린 초대권과 비행기 표와 숙소까지 구했어. 이제 우리에게 필요한 건 호텔에서 캠퍼스까지 하루에 두 번 왕복할 교통수단이야."

나는 곧이어 내셔널 렌터카 회사에 전화를 걸어 상황을 설명한 다음에 우리에게 도움을 줄 수 있는지 물었다. 렌터카 회사의 담당자가 말했다.

"신형인 올즈 88도 괜찮으시겠소?"

난 물론 괜찮다고 말했다.

그렇게 해서 하루 만에 우리 부부는 필요한 것을 모두 구할 수 있었다.

먹는 문제는 그럭저럭 우리 힘으로 해결할 수 있었다. 컨퍼런스가 끝날 무렵 나는 자리에서 일어나 참석자들에게 이 기적 같은 이야기를 들려주고 나서 이렇게 덧붙였다.

"여러분 중에서 오늘 우리 부부에게 점심을 사주실 분이 계시다면 정말 감사하겠습니다."

그러자 쉰 명이 넘는 사람들이 앞다퉈 손을 들었다. 그날 우리가 멋진 식사 대접을 받았음은 말할 필요도 없다.

컨퍼런스에 참석하는 동안 우리는 멋진 시간을 보냈으며 많은 것을 배웠다. 그리고 현재까지도 우리 프로그램의 자문을 해주고 있는 잭 캔필드 같은 사람들도 만나게 되었다.

우리는 컨퍼런스에서 돌아온 다음 본격적으로 프로그램을 시작해, 해마다 백 퍼센트의 성장을 거두었다. 지난 6월에는 2천 2백 50번째 가족이 '작은 도토리' 교육 과정을 졸업했다.

우리는 '어린이를 위한 안전한 세상 만들기'라는 교육 컨퍼런스를 두 차례 진행했다. 우리는 컨퍼런스에 전 세계 사람들을 초대했다. 수천 명이 넘는 교육 담당자들이 모여 교실에서 할 수 있는 자존감 높이기 훈련에 대한 생각을 주고받았다.

최근에 우리가 주최한 컨퍼런스에는 여든한 개 나라의 교육자들이 참석했다. 열일곱 개 나라에서는 교육부 장관을 포함한 정부 대표자까지 파견했다.

그 결과 러시아, 우크라이나, 벨라루스, 겔라루트, 카자흐스탄, 몽골, 대만, 쿡 섬, 뉴질랜드 등에서도 교육 프로그램을 도입하기 위해 우리를 초청했다.

당신이 올바른 사람에게 부탁하기만 하면 당신은 필요한 모든 것을 얻을 수 있다. 부탁하지 않으면 당신은 아무것도 얻을 수 없다.

릭 겔리너스

당신의 꿈은 무엇인가요?

몇 년 전 나는 남부 한 도시에서 정부 생활보조금에 의존해 사는 빈민층 사람들을 대상으로 여러 차례 공개강좌를 할 기회가 있었다. 난 참석자 모두에게 인간은 누구나 스스로 인생을 살아갈 능력이 있으며, 우리가 할 일은 그 능력을 되살리는 것이라는 사실을 일깨워주려 했다.

나는 시 관계자에게 생활보조금으로 살아가는 사람들 중에서 인종과 가정환경 같은 배경이 다양한 사람들을 뽑아달라고 부탁했다. 그렇게 매주 금요일마다 세 시간씩 난 그들과 얼굴을 마주하게 되었다. 나는 또 시 관계자에게 약간의 돈을 마련해달라고 부탁했다.

공개강좌에 참석한 모든 사람들과 일일이 악수를 나눈 뒤 내가 첫 번째로 던진 말은 이것이었다.

"난 먼저 여러분이 갖고 있는 인생의 꿈이 무엇인지 알고 싶습니다."

참석자 대부분이 무슨 뚱딴지 같은 소리냐는 표정으로 날 쳐다보았다. 그들은 만사가 귀찮다는 듯이 대답했다.

"꿈이라고요? 우린 그런 거 없어요."

내가 말했다.

"그럼 여러분들이 어렸을 땐 어땠습니까? 어렸을 때 장차 이루고 싶었던 꿈이 있었을 것 아닙니까?"

한 여성이 말했다.

"당신이 꿈 얘기를 해서 뭘 어쩌겠다는 건지 알 수가 없군요. 쥐들이 우리 애들을 갉아먹는 판국에 말예요."

내가 말했다.

"정말 끔찍한 일이군요. 부인께선 아이들 걱정 때문에 잠이 안 오시겠군요. 어떻게 하면 쥐를 퇴치할 수 있을까요?"

그녀가 말했다.

"방충망에 구멍이 나서 쥐들이 들락거리니까 새 방충망을 달면 해결되겠죠."

내가 모두에게 물었다.

"혹시 여러분들 중에 방충망을 달 줄 아는 사람 없습니까?"

한 남자가 일어나 말했다.

"아주 오래 전에 내가 그런 일을 했었지요. 하지만 지금은 허리가 몹시 약해져서 꼼짝할 수가 없답니다. 그래도 시도는 해볼게요."

나는 그 남자에게 돈을 조금 줄 테니 철물점에서 재료를 사다가 부인의 방충망을 갈아주라고 부탁했다. 나는 거듭 물었다.

"정말로 이 일을 하실 수 있겠습니까?"

그가 대답했다.

"물론이오. 한번 해보겠소."

그다음 주에 다시 모였을 때 나는 그 부인에게 물었다.

"방충망이 잘 고쳐졌습니까?"

그녀가 기쁜 표정으로 말했다.

"네, 아주 훌륭하게 고쳐졌어요."

내가 말했다.

"그럼 이제 우리가 다시 꿈을 갖기 시작해도 되겠군요. 안 그런가요?"

그녀는 내게 미소를 보냈다. 나는 방충망을 수리한 남자에게 물었다.

"일을 성공적으로 마치니 기분이 어떠신가요?"

그가 말했다.

"네, 아주 좋습니다. 이상하게도 전보다 허리가 더 좋아진 느낌이군요."

이 일을 계기로 참석자 모두 인생의 꿈을 하나씩 갖기 시작했다. 얼핏 보기엔 아주 사소한 성취 같지만, 이 일을 계기로 꿈을 갖는 것이 미친 짓이 아님을 모두 깨닫게 된 것이다. 이 작은 첫걸음 덕분에 사람들은 어떤 일이든지 가능하다는 사실을 알게 되었다.

난 참석자들에게 한 사람씩 일어나 자신의 꿈을 말해달라고 했다. 한 여성은 어려서부터 자신의 꿈이 비서라고 고백했다.

내가 물었다.

"그런데 무엇이 당신의 길을 가로막고 있죠?"

내가 사람들에게 언제나 던지는 질문이다. 그녀가 대답했다.

"전 애가 여섯 명이에요. 직장을 나가면 아이들을 돌봐줄 사람이 아무도 없어요. 그러니 제 꿈을 이루기엔 틀린 셈이죠."

내가 말했다.

"그럼 아이들을 돌볼 사람을 한번 찾아봅시다."

나는 다시 모두를 돌아보며 물었다.

"여기 모인 분들 중에서 일주일에 하루나 이틀 정도 여섯 아이들을 돌봐줄 분이 혹시 안 계십니까? 그렇게 하면 이 분이 교양

대학에서 비서직에 관련된 교육을 받을 수 있을 겁니다."

한 여성이 손을 들고 말했다.

"나도 애들이 있긴 하지만, 그런 일이라면 잘할 수 있어요."

내가 말했다.

"그럼 그렇게 합시다."

계획은 곧바로 실천에 옮겨졌고, 그 여자는 학교에 다닐 수 있게 되었다.

모두가 무엇인가를 발견했다. 방충망을 고쳤던 남자는 인테리어 회사에 취직했다. 아이들을 돌봐주겠다고 나선 여성은 자격증까지 갖춘 간병인이 되었다. 나는 세미나를 연 지 세 달 만에 모든 참가자를 생활보조금에 의존하지 않아도 되는 사람들로 만들었다. 난 이런 일을 한 번만 한 것이 아니다. 지금까지 수없이 해왔다.

버지니아 사티어

다른 곳을 보는 용기

가장 중요한 질문은
당신 자신이 스스로의 모험을
진정으로 긍정할 수 있는가 하는 것이다.

조지프 캠벨

위험한 일

웃으면 바보스럽게 보일 위험이 있다.

눈물을 흘리면 감상적인 사람으로 보일 위험이 있다.

누군가에게 손을 내밀면 남의 일에 휘말릴 위험이 있다.

감정을 드러내면 자신의 참모습을 들킬 위험이 있다.

대중 앞에서 자신의 기획과 꿈을 발표하면

그것들을 잃을 위험이 있다.

사랑하면 사랑을 되돌려받지 못할 위험이 있고,

삶에는 죽음의 위험이 있다.

희망을 가지면 절망에 빠질 위험이 있으며,

시도를 하면 실패할 위험이 있다.

하지만 위험에 뛰어들지 않으면 안 된다.
인생에서 가장 위험한 일은
아무런 위험에 뛰어들지 않으려는 것이니까.
아무런 위험에도 뛰어들지 않는 사람
아무것도 하지 않는 사람은
아무것도 가질 수 없으며
아무것도 아닌 사람이다.

그는 고통과 슬픔을 피할 수 있을지 모른다.
하지만 배울 수 없고,
느낄 수 없고,
달라질 수 없으며,
성장할 수 없다.
살고, 사랑할 수 없다.

두려움에 갇힌 사람은 노예와 다를 바 없다.
그의 자유는 갇힌 자유이다.
위험에 뛰어드는 사람만이 진정으로 자유롭다.

작자 미상

추수감사절에 찾아온 손님

나는 기억한다. 우리 가족이 돈과 음식이 떨어진 어느 추수감사절 날, 누군가 찾아와서 우리 집 문을 두드렸다. 문을 열어보니 한 남자가 음식 바구니와 커다란 칠면조, 심지어 음식을 요리할 냄비까지 든 커다란 상자를 안고 문 앞에 서 있었다.

나는 믿어지지 않았다. 아버지가 그 남자에게 물었다.

"당신은 누구요? 어디서 왔소."

낯선 사람이 말했다.

"당신 친구가 보내서 왔습니다. 당신에게 도움이 필요하지만 당신이 어떤 도움도 거절하리라는 걸 알고 저를 대신 보낸 겁니다. 즐거운 추수감사절이 되길 바랍니다."

그러자 아버지가 말했다.

"안 됩니다. 난 이런 걸 받을 수 없소."

하지만 낯선 사람은 상자를 내려놓으며 말했다.

"저에겐 아무 권한이 없습니다. 다만 심부름꾼일 따름입니다."

그렇게 말하고 그는 총총히 사라져버렸다.

그 일은 내 삶에 깊은 인상을 남겼다. 나는 언젠가 경제적으로 자립하면 다른 사람들을 위해 똑같은 일을 하겠다고 스스로 결심했다.

열아홉 살이 되어 내 힘으로 돈을 벌기 시작하면서부터 나는 나만의 추수감사절 의식을 시작했다. 그날이 되면 우선 슈퍼마켓으로 가서 한 집이나 두 집이 먹을 수 있는 충분한 양의 음식을 샀다. 그런 다음 배달원 차림을 하고 근처에 사는 가난한 이웃을 찾아가 문을 두드렸다.

상자 안에 나는 음식과 함께 어린 시절에 경험한 추수감사절을 설명하는 쪽지를 넣었다. 그리고 쪽지의 맨 마지막에 이렇게 썼다.

"나는 이 선물에 대한 보답으로, 당신들도 언젠가 형편이 나아지면 다른 사람들을 위해 똑같은 일을 해주길 바랍니다."

해마다 실천하는 이 추수감사절 의식을 통해 나는 그동안 내가 벌어들인 어떤 경제적인 재화보다 많은 것을 얻었음을 고백하지 않을 수 없다.

몇 년 전 일이다. 나는 일 때문에 집을 떠나 아내와 함께 뉴욕에서 추수감사절을 맞이하게 되었다. 아내는 가족과 함께 있지 못하게 된 점을 무척 마음에 걸려 했다. 추수감사절이 되면 아내는 곧 다가올 크리스마스 장식을 하며 집에서 즐거운 시간을 보냈다. 그런데 그날은 단둘이서 호텔방에 갇힌 신세가 된 것이다.

내가 아내에게 말했다.

"여보, 오늘은 나무에 크리스마스 장식을 다는 대신 살아 있는 생명에게 장식을 하는 것이 어때?"

아내는 무슨 뜻인지 모르겠다는 눈으로 날 쳐다보았다. 나는 처음으로 아내에게 내가 매년 추수감사절마다 해온 일을 고백했다. 아내는 무척 놀란 표정이었다.

내가 말했다.

"우리 할렘으로 갑시다! 그래서 우리가 진정으로 살아 있음을 느끼고, 우리가 무얼 나눠줄 수 있는지 알아봅시다."

나는 마침 우리와 함께 추수감사절 파티에 참석한 동료에게도 같은 제안을 했다.

그러나 그 부부들은 내 제안에 그다지 열의를 보이지 않았다. 나는 한 사람씩 설득했다.

"자, 어서 갑시다. 할렘으로 가서 어려움에 처한 사람들을 도와줍시다. 우리는 도움을 베푸는 사람이 되지 않아도 됩니다. 잘못하면 그들의 자존심을 건드릴지도 모르니까요. 그저 배달하는 사람이 됩시다. 예닐곱 가구가 한 달 동안 먹을 충분한 음식을 삽시다. 우린 많이 가지고 있지 않습니까. 자, 어서 가서 그렇게 합시다! 이런 게 추수감사절의 의미 아니겠어요? 칠면조나 먹는 게 아니라, 우리의 감사를 주위에 나누는 일 말입니다. 어서 갑시다."

나는 그날 라디오 인터뷰가 잡혀 있었기 때문에 동료들에게 밴을 한 대 구해놓으라고 부탁했다.

내가 인터뷰를 끝내고 돌아오자 그들이 말했다.

"우린 그 일을 할 수 없게 됐어요. 뉴욕 어디에도 밴이 없어요. 렌터카 회사마다 모두 전화를 해봤는데 밴이 없다고 합니다. 아무리 해도 구할 수가 없었어요."

내가 말했다.

"우리가 어떤 걸 진정으로 원하면 우린 그 일이 일어나게 할 수 있어요. 우리에게 필요한 건 망설임 없이 행동으로 옮기는 일이에요. 뉴욕에는 밴이 헤아릴 수 없이 많아요. 단지 우리가 갖고 있지 않을 뿐이에요. 나가서 한 대 구합시다."

그들이 주장했다.

"우리가 사방에 다 확인해봤어요. 밴을 가진 회사가 한 군데도 없다니까요."

내가 말했다.

"이리 와서 거리를 내려다보세요. 저길 봐요. 저 밴이 안 보입니까?"

그들은 보인다고 대답했다. 내가 말했다.

"그럼 내려가서 한 대 붙잡읍시다."

나는 호텔 밖으로 나가서 지나가는 밴을 세우려고 했다. 그날 나는 뉴욕 운전자들에 대해 크게 깨달은 것이 있었다. 그들은 사람이 가로막으면 멈추긴커녕 더 속력을 냈다.

그래서 우리는 신호등에 막혀 정지해 있는 차에 다가갔다. 우리가 유리창을 두드리자 운전자는 창문을 내리며 수상쩍은 눈초리로 우릴 쳐다보았다.

내가 말했다.

"안녕하세요! 오늘이 추수감사절이라 어려운 사람들에게 음식을 나눠주려고 하는데, 우릴 할렘까지 좀 태워다 주겠습니까?"

할렘이라는 말을 들은 운전자들은 재빨리 외면하고 황급히 창문을 닫고 달아나버렸다. 그들은 한마디 대꾸조차 하지 않았다.

마침내 우리는 더 솜씨 있게 부탁하는 요령을 터득하게 되었다. 운전자들이 창문을 다 내릴 때까지 기다렸다가 부드럽게 말했다.

"알다시피 오늘은 추수감사절입니다. 그래서 혜택을 받지 못한 몇몇 가정을 도와주고자 하는데, 우리가 염두에 두고 있는 뉴욕 시의 한 빈민 지역까지 우리를 태워다주지 않겠습니까?"

약간 효과가 있긴 했지만, 결과는 마찬가지였다. 그래서 우릴 태워다주면 백 달러를 주겠다고 제의했다. 그 방법은 훨씬 효과가 있었다. 하지만 할렘까지 태워다 달라고 말하자 사람들은 당장 거절하며 차를 몰고 달아났다.

그렇게 스무 대가 넘는 밴을 붙들고 부탁했지만 모두 실패했다. 동료들은 이제 계획을 포기하고 싶은 마음뿐이었다. 하지만 내가 말했다.

"확률의 법칙이라는 게 있는 법이에요. 누군가는 우리의 부탁을 들어줄 겁니다."

그때 우리가 바라는 완벽한 밴 한 대가 우리 앞에 와서 멈췄다. 다른 차들보다 훨씬 커서 우리 모두 태울 수 있는 믿음직한 차였다.

우리는 다가가서 창문을 두드리고 말했다.

"우리를 가난한 사람들이 사는 지역까지 태워다주시겠습니까? 그렇게 해주면 백 달러를 드리겠소."

그러자 운전자가 말했다.

"나한테 돈을 줄 필요는 없습니다. 당신들을 태워다주게 되어나도 기뻐요. 좋아요, 내가 당신들을 이 도시에서 가장 가난한 동네로 데려다주겠습니다."

그는 우리가 차에 올라탈 수 있도록 운전석 옆 좌석에 벗어 놓았던 모자를 집어 들었다. 그가 그것을 머리에 쓰는 순간 나는 모자에 적혀 있는 '구세군'이라는 글자를 발견했다. 그 사람의 이름은 존 론던으로 사우스브롱스 지역의 구세군 대장이었다.

우리는 다들 흥분해서 함성을 지르며 밴에 올라탔다. 그가 말했다.

"당신들이 한 번도 상상해본 적이 없는 지역으로 데려다주겠소. 그런데 말해보시오. 당신들은 왜 이런 일을 하고 있소?"

나는 그에게 내 어린 시절의 이야기를 들려주며, 뭔가를 되돌려줌으로써 내가 누리는 모든 것에 감사를 표하고 싶을 뿐이라고 설명했다.

론던은 할렘의 비벌리힐스라 불리는 사우스브롱스 지역 빈민가로 우리를 안내했다. 우리는 먼저 슈퍼마켓으로 가서 많은 양의 음식과 바구니를 샀다. 일곱 가구가 30일 동안 먹을 충분한 양이었다. 우리는 그것들을 하나씩 포장한 다음 그것을 사람들에게 배달하기 시작했다.

우리가 방문한 어떤 건물에는 여섯 사람이 한 방에서 살고 있었다. 그들은 이 혹한의 계절에 무단 거주자들처럼 전기도 없고 난방시설도 없이 쥐와 바퀴벌레와 오줌 냄새에 뒤섞인 채로 살아가고 있었다. 사람들이 이런 환경에서 살아가고 있다는 것도 놀라운 일이었지만, 우리가 하는 작은 일에서 오는 기쁨 또한 큰 것이었다.

당신이 진정으로 원하고 그 일을 행동에 옮긴다면 당신은 어떤 일이든 일어나게 할 수 있다. 기적은 이와 같이 날마다 일어나고 있다. '밴이 한 대도 없는' 뉴욕 같은 도시에서도.

앤서니 로빈스

멋진 여행

가장 중요한 질문은 당신 자신이 스스로의 모험을 진정으로 긍정할 수 있는가 하는 것이다.

조지프 캠벨

삶이 하나의 여행이며 이 여행엔 종착역이 없다는 사실을 깨달은 사람은 너무 늙었다고 해서 결코 그 여행을 멈추지 않는다.

플로렌스 브룩스는 64세에 평화봉사단에 가입했다. 글래디스 클래피슨은 박사학위를 따기 위해 82세에 아이오와 대학 기숙사에 들어갔다. 에드 스티트는 87세에 뉴저지에 있는 전문대학에서 학사과정을 밟았다. 에드는 공부가 치매를 예방해주고, 두

뇌에 활력을 유지해준다고 말했다.

그중에서도 워싱턴 주 타코마에 사는 월트 존스만큼 여러 해 동안 내게 깊은 인상을 준 인물도 없을 것이다. 월트는 세 번째 아내와 결혼해서 52년 동안 함께 살았다.

아내가 세상을 떠난 뒤 누군가 그에게 그토록 오랫동안 함께 지낸 친구를 잃어서 얼마나 가슴 아프냐고 물었다. 그러자 월트는 대답했다.

"물론 가슴 아프고말고. 하지만 그것 역시 최선의 결과가 아니겠소?"

질문한 사람이 의아해서 물었다.

"왜 그렇게 말씀하시죠?"

월트가 설명했다.

"난 이제 와서 아내의 훌륭한 성격에 대해 험담을 하거나 부정적인 얘기를 하려는 건 결코 아니오. 하지만 아내는 지난 10년 동안 날 집 안에만 갇혀 지내게 했소."

무슨 사연인지 묻자 월터가 말했다.

"아내는 아무것도 하려고 하지 않았소. 언제나 집 안에 틀어박혀 꼼짝도 하지 않으려고 했단 말이오. 10년 전에 내가 94세가 되었을 때, 난 아내에게 불평을 했소. 우리가 보는 것이라곤 맨날 아름다운 북태평양 해변뿐이라고.

그랬더니 아내는 무슨 의도로 그런 말을 하는 거냐고 물었소. 난 솔직히 말했지. 캠핑카를 한 대 사서 미국 마흔여덟 개 주를 돌아다녔으면 하는 생각이라고. 그러면서 난, 당신은 어떻게 생각하느냐고 물었소. 아내가 한마디로 잘라 말하더군.

'당신 정신 나갔어요, 월트?'

내가 물었지.

'왜 그런 말을 하지?'

아내는 말했소.

'그러다가 강도라도 만나면 어쩌려고요? 우린 장의사도 없는 곳에서 죽고 말 거예요.'

아내는 또 '운전은 누가 하고요?' 하고 묻더군. 그래서 내가 말했지.

'물론 내가 하지, 램비.'

그랬더니 아내가 뭐라고 소리쳤는지 아시오?

'당신은 우리 두 사람 다 죽일 작정이군요.'

자, 이제 왜 내가 집 안에만 갇혀 지낼 수밖에 없었는지 이해하겠소?"

월트는 이어서 말했다.

"나는 무대에서 퇴장하기 전에 시간의 모래밭 위에 발자국을 남기고 싶소. 엉덩이를 깔고 앉아만 있으면 시간의 모래밭 위에 발자국을 남길 수 없지 않겠소? 당신이 모래밭 위에 엉덩이 자국만을 남길 생각이 아니라면 말이오."

누군가 월트에게 또 물었다.

"이제 그런 아내가 세상을 떠났으니, 당신은 앞으로 뭘 할 계획입니까?"

월트가 말했다.

"내가 무얼 할 계획이냐고? 난 그 늙은 소녀를 땅 속에 묻은 뒤에 곧바로 캠핑카를 한 대 샀소. 올해가 1976년이니까 미국 독립기념 200주년을 축하하기 위해 이제부터 마흔여덟 개 주를 여행할 계획이오."

월트는 골동품과 기념품을 판매하며 미국 마흔세 개 주를 여행했다. 여행 도중에 길에서 차를 태워달라는 사람은 없었느냐고 묻자 그는 말했다.

"절대로 태워주지 않았지. 많은 친구들이 겨우 몇 푼 뜯어내자고 뒷머리를 후려치거든. 또 사고라도 나면 치료비를 물어내라고 소송을 걸어 괴롭히거든."

캠핑카를 사기 몇 달 전, 그러니까 아내를 땅에 묻고 나서 여섯 달쯤 되었을 때, 하루는 월트가 매력적인 62세 여성을 옆자리에 태우고 차를 몰고 지나가는 모습이 눈에 띄었다.

누군가 물었다.

"월트 씨?"

"왜 그러쇼?"

"옆자리에 태우고 가던 여성은 누굽니까? 당신의 새 여자 친구인가요?"

월트가 대답했다.

"그렇소. 그런 여자요."

"그런 여자라니요?"

"새로 생긴 내 여자 친구란 말이오."

"여자 친구라고요? 월트, 당신은 세 번이나 결혼을 했고, 이제 104세나 되었어요. 그 여자는 당신보다 마흔 살이나 젊어요."

월트가 말했다.

"난 최근에 한 가지 사실을 깨달았소. 캠핑카에서는 남자 혼자 생활할 수 없다는 것이오."

"물론 그 점은 충분히 이해해요, 월트. 지금까지 오랜 세월 곁에 동반자가 있었으니 누군가 이야기라도 나눌 상대가 그립겠지요."

그러자 월트는 주저 없이 말했다.

"난 거시기도 그립단 말이오."

"거시기라니요? 남녀 간의 그것을 말하는 건가요?"

월트는 고개를 끄덕였다.

"바로 그거요."

"월트."

"왜 그러쇼?"

"인생을 살다 보면 어느 시점에선 그것이 자연적으로 멀어지게 되지 않나요?"

월트는 이해가 안 간다는 듯 되물었다.

"섹스에 대해 말하는 거요?"

"그래요."

월트는 다시 물었다.

"그건 왜 그렇소?"

상대방이 친절하게 설명했다.

"그런 종류의 육체적인 기운을 소모하는 것은 나이 든 사람의 건강에 치명적일 수 있으니까요."

월트는 그 말에 대해 잠시 생각하더니 이렇게 말했다.

"그 여자가 죽으면 죽는 거지 뭐. 난들 어쩌겠소?"

1978년에 두 자리 숫자의 인플레가 미국 전역을 강타했다. 월트는 콘도미니엄 개발에 거액을 투자하기 시작했다. 안전한 은행에 넣어두었던 돈을 꺼내 투자하는 이유가 무엇인지 묻는 질문에 월트는 대답했다.

"당신은 듣지 못했소? 지금은 인플레 시기예요. 이럴 때는 부동산에 돈을 투자해야만 이득을 얻을 수 있고, 몇 년 지나 정말로 필요할 때 꺼내 쓸 수 있소."

1980년에 그는 워싱턴 주의 피어스 카운티에 있는 많은 부동산을 팔았다. 사람들은 월트가 드디어 죽을 때가 가까워졌다고 생각했다. 월트는 친구들을 불러 자기가 죽을 때가 되어서가 아니라 자금이 필요해서 부동산을 되판 거라고 설명했다.

"난 어떤 사업에 투자하기로 했는데 30년 계약을 맺었소. 앞으로 나는 138세가 될 때까지 매달 4천 달러의 배당금을 받게 될 것이오."

월트는 110세 생일에 〈자니 카슨 쇼〉에 출연했다. 월트는 흰 수염에 검은 모자를 쓴 멋진 차림을 하고 무대 위로 걸어나왔다.

자니 카슨이 말했다.

"이렇게 모시게 되어서 기쁩니다, 월트 씨."

월트가 대답했다.

"110세가 되면 어디에 있으나 기쁘지요, 자니 씨."

자니가 놀라서 되물었다.

"110세라고요?"

"그렇소. 백하고도 열 살이오."

"백열 살이라고요?"

그러자 월트가 말했다.

"아니 왜 그러시오, 자니 씨? 그 나이에 벌써 귀가 먹은 거요? 그게 내 나이란 말이오. 뭐 놀랄 일이라고 그러시오?"

자니가 말했다.

"놀랄 일은 당신 나이가 내 나이의 두 배에서 꼭 사흘이 모자란다는 겁니다."

그것은 정말 놀랄 만한 일이다. 백 살에다 열 살을 더 살았는데 아직도 푸른 젊음을 유지하고 있고, 인간으로서 성장해가고 있다면 말이다. 월트는 시청자들에게 인사를 하고 나서 자니를 향해 말했다.

"사람들은 나이가 들어갈수록 자기 생일을 잊어먹는 경향이 있소. 또한 해마다 달력을 넘기면서 한숨짓곤 하지요. 달력의 날짜 때문에 절망에 빠지는 사람들을 보시오. 그들은 이렇게 말하잖소. 오 하느님, 내가 벌써 서른 살이라니요! 청춘이 다 지나갔으니 난 정말 슬퍼요. 오 세상에, 내가 벌써 마흔 살이라니! 직장에선 벌써부터 날 밀어내려고 관을 주문했어. 아, 난 이제 쉰 살이 되었구나. 반세기를 살았어. 사람들이 벌써 내게 거미줄 친 조화를 보내려 하고 있어."

월트는 자니에게 말했다.

"자니 씨, 누가 당신더러 65세가 되면 죽는다고 말합디까? 75세가 넘었는데도 젊었을 때보다 훨씬 즐겁게 사는 친구들을 난 많이 알고 있소. 난 몇 해 전 콘도 개발에 약간 투자를 한 덕분에 105세가 되었을 때 젊은 시절보다 훨씬 더 많은 돈을 벌었소. 내가 절망에 대한 정의를 말해도 되겠소, 자니 씨?"

"어서 말해보세요, 월트 씨."

월트가 말했다.

"자기 생일을 잊어버리는 것이오."

월트의 이야기가 우리 삶에 많은 성장과 깨우침을 주리라고 나는 믿는다.

밥 모나드

도전을 위한 용기

세상에서 가장 위대한 세일즈우먼은 나이가 어린 소녀이다. 마르키타 앤드루스는 일곱 살 때부터 지금까지 8만 달러어치의 걸스카우트 쿠키를 판매했다.

학교가 끝나고 집집마다 돌면서, 수줍음을 타던 한 소녀는 자선기금 쿠키 판매의 여왕으로 변신했다. 그것은 그녀가 열세 살 때 판매의 비결을 발견했기 때문이다.

우선 마르키타는 강한 바람을 갖고 있었다. 그것은 누구도 막을 수 없는 뜨거운 바람이었다.

마르키타의 아빠는 그녀가 여덟 살 때 집을 나가버렸다. 그래서 마르키타의 엄마는 뉴욕 식당에서 일하며 간신히 생계를 유지했다. 마르키타와 엄마의 꿈은 세계일주였다.

하루는 엄마가 마르키타에게 말했다.

"열심히 일해서 널 대학까지 보내주마. 네가 대학을 졸업한 뒤 돈을 많이 벌면 엄마랑 세계일주를 떠나자꾸나. 알겠니?"

열세 살 때 마르키타는 걸스카우트 잡지에서 자선기금용 쿠키를 가장 많이 판매하는 대원에게는 두 사람이 세계일주를 할 수 있는 모든 비용을 상금으로 수여한다는 기사를 보았다. 마르키타는 자신의 능력을 다해서 걸스카우트 쿠키를 팔기로 결심했다. 세상의 어떤 걸스카우트 대원보다 더 많은 숫자의 쿠키를.

하지만 강렬한 바람만으론 충분하지 않았다. 자신의 꿈을 실현하기 위해선 계획이 필요하다는 걸 마르키타는 알았다.

마르키타의 이모가 충고했다.

"항상 단정한 옷차림을 하고, 전문가다운 복장을 해라. 사업을 할 때는 사업가답게 옷을 입어야만 해. 따라서 쿠키를 팔 때면 항상 걸스카우트 유니폼을 입어야 한다. 그리고 오후 4시 반이나 6시 반, 특히 금요일 오후엔 고객들에게 많은 양의 쿠키를 사도록 권해도 좋다. 항상 미소 짓는 얼굴을 할 것이며, 사람들이 네 쿠키를 사주든 사주지 않든 언제나 좋은 인상을 남겨야 한다. 그리고 사람들에게 네 쿠키를 사달라고 부탁하진 말아라. 대신 투자하라고 이야기해라."

다른 많은 스카우트 대원 역시 세계일주 기회를 따려고 노력했다. 그늘 역시 나름대로 계획을 세웠나. 하지만 오직 마르키타만이 수업이 끝나면 걸스카우트 복장으로 갈아입고 밖으로 나가 사람들에게 자신의 꿈에 투자해달라고 부탁했다. 그리고 마르키타는 부탁하는 자세를 결코 버리지 않았다.

마르키타는 초인종을 누른 뒤 이렇게 말하곤 했다.

"안녕하세요. 제겐 꿈이 한 가지 있어요. 걸스카우트 쿠키를 팔아서 엄마와 함께 세계일주 여행을 떠나는 거예요. 쿠키 열 상자나 스무 상자만큼만 투자하지 않으시겠어요?"

그해에 마르키타는 3526상자의 걸스카우트 쿠키를 팔아 세계일주 여행권을 따냈다. 그 후에도 현재까지 4만 2천 상자 넘는 걸스카우트 쿠키를 팔았고, 미국 전역에서 열리는 세일즈맨 세미나의 연사로 초청받았다.

마르키타의 모험적인 인생은 디즈니 사에서 영화로 만들기도 했다. 영화에서 마르키타는 직접 주연을 맡았다. 또한 공동 저술한《더 많은 쿠키와 콘도미니엄과 자동차와 컴퓨터와 세상의 모든 것들을 판매하는 법》이란 책은 베스트셀러가 되었다.

마르키타가 어린이든 어른이든 꿈을 가진 다른 수많은 사람들보다 머리가 더 뛰어나거나 성격이 더 외향적인 것도 아니다. 차이가 있다면, 마르키타는 판매의 비결을 발견했다는 것뿐이다. 즉 포기하지 않고 찾아다닌 것이다.

많은 사람들은 시작도 하기 전에 실패한다. 자신들이 원하는 것을 얻기 위해 도전하는 데 실패하기 때문이다. 우리가 어떤 것을 판매하든 간에, 거부당할지도 모른다는 두려움 때문에 우리 대부분은 다른 사람이 기회를 붙잡기 훨씬 전에 스스로 자기 자신과 자신의 꿈을 포기해버린다.

자신이 원하는 걸 얻기 위해 도전하는 데는 용기가 필요하다. 용기란 두려움이 없음을 뜻하는 게 아니다. 두려움이 있음에도 불구하고 도전하는 걸 뜻한다. 그리고 마르키타가 발견한 것처럼, 더 많이 도전할수록 더 쉽게 얻으며, 더 큰 성취감이 생긴다.

한번은 텔레비전 생방송에서 연출자가 마르키타에게 매우 어려운 제안을 했다. 토크쇼에 함께 나온 다른 출연자에게 걸스카우트 쿠키를 팔아보라고 요청한 것이다.

카메라가 돌아가고 있는 상황에서 마르키타가 그 출연자에게 말했다.

"걸스카우트 쿠키 열 상자나 스무 상자에 투자하지 않으시겠어요?"

그러자 출연자가 말했다.

"걸스카우트 쿠키라고? 난 걸스카우트 쿠키 따윈 사지 않아. 내 직업이 뭔지 아니? 연방 교도소 간수라고. 매일 밤마다 2천 명이 넘는 사기범, 강간범, 절도범, 살인범, 게다가 아동 성폭행범까지 모두 잠자리에 처넣어야 한단 말이다."

당황하지 않고 마르키타가 재빨리 말했다.

"아저씨가 만일 이 쿠키 몇 상자만 산다면 그런 식으로 공격적이고 화가 나 있지 않게 될 거예요. 그리고 아저씨, 이건 제 생각인데요, 2천 명의 죄수들에게 이 쿠키를 몇 개씩 갖다 주는 것도 좋은 아이디어가 아닐까요?"

마르키타의 말을 들은 간수는 그 자리에서 바로 수표에 사인을 했다.

잭 캔필드 · 마크 빅터 한센

가능하게 만드는 방법

그 당시 나는 캐나다 온타리오 주에 있는 토론토 북부의 사슴 농원에서 주말 세미나에 참석 중이었다. 금요일 밤, 거대한 회오리바람이 우리가 있는 곳 북쪽의 베리라는 도시를 휩쓸고 지나갔다. 수십 명의 사람들이 목숨을 잃고, 수백만 달러의 재산 피해가 났다.

일요일 밤, 집으로 돌아오는 길에 나는 베리에서 잠시 차를 멈췄다. 고속도로 갓길에 차를 세운 뒤 주위를 둘러보았다. 마을 전체가 말 그대로 쑥대밭이 되어 있었다. 눈에 보이는 사방이 폐허로 변해버렸다. 집은 풍비박산이 나고, 자동차는 뒤집힌 채로 여기저기 뒹굴었다.

바로 그날 밤 밥 템플턴도 차를 몰고 같은 고속도로를 지나가고 있었다. 그도 나처럼 차를 멈추고 시시 그 참사를 지켜보았다. 단지 그는 나와는 다른 생각을 했다.

밥은 온타리오와 퀘벡 주에 라디오 방송국을 가지고 있는 텔레미디어 커뮤니케이션스 사의 부사장이었다. 그는 라디오 방송을 이용해 마을 사람들을 위해 틀림없이 무언가 할 수 있으리라 생각했다.

다음 날 나는 토론토에서 다른 세미나를 이끌고 있었다. 밥과 텔레미디어 사에서 온 또 다른 부사장인 밥 존슨이 세미나장 뒤쪽에 서 있었다. 그들은 베리 시 사람들을 위해 자신들이 뭔가를 해야 한다는 데 의견을 같이하고 있었다.

세미나가 끝난 뒤 우리는 밥의 사무실로 갔다. 그는 회오리바람에 희생된 사람들을 돕는 일에만 온통 정신을 쏟았다. 그는 오직 그 얘기만 했다.

그다음 주 금요일에 그는 텔레미디어 방송국의 모든 간부들을 자신의 사무실로 소집했다. 그는 차트를 세워놓고 맨 위에 큰 글씨로 3자 세 개를 썼다. 그러고 나서 간부들에게 말했다.

"3시간짜리 방송으로 3일 만에 3백만 달러를 모아보고 싶지 않습니까? 그래서 그 돈을 베리 시 주민들에게 주는 겁니다."

갑작스런 제안에 실내엔 침묵만이 감돌 뿐 어느 누구도 입을 열지 않았다.

마침내 누군가 말했다.

"템플턴 씨, 당신은 지금 제정신이 아니오. 그건 도저히 불가능한 일이오."

밥이 말했다.

"잠깐만요. 난 여러분에게 그것이 가능한지 불가능한지를 묻고 있는 게 아닙니다. 또 우리가 반드시 그렇게 해야 한다는 것도 아닙니다. 난 다만 여러분에게 그렇게 하고 싶은가 아닌가를 물었을 뿐입니다."

사람들 모두가 말했다.

"그거야 물론 하고는 싶죠."

그러자 밥은 333이라고 쓴 글자 밑에 크게 T자 모양으로 금을 그었다. 한쪽에는 이렇게 썼다.

'그것이 불가능한 이유'

다른 한쪽에는 이렇게 썼다.

'그것을 가능하게 만드는 방법'

그런 다음 밥은 모두에게 말했다.

"'그것이 불가능한 이유' 칸에는 크게 가위표를 하겠습니다. 우린 왜 이 일이 불가능한가를 놓고 토론할 만큼 시간이 많지 않으니까요. 그건 아무 의미가 없습니다. 이제부터 '그것을 가능하게 만드는 방법' 칸에 모든 아이디어를 적어나갑시다. 좋은 결론이 내려질 때까지 우린 이 방을 나갈 수가 없습니다."

다시금 침묵이 감돌았다.

마침내 누군가 말했다.

"캐나다 전 지역에 라디오 생방송을 하는 겁니다."

밥이 말했다.

"매우 좋은 생각입니다."

그는 그것을 차트에 적었다. 그러나 그가 문장을 채 다 적기도 전에 누군가 말했다.

"캐나다 전역에 라디오 생방송을 하는 건 불가능합니다. 우리 방송국은 캐나다 전역에 중계국을 갖고 있지도 않아요."

대단히 설득력 있는 의견이었다. 그들은 온타리오와 퀘벡에만 중계국을 갖고 있었다.

밥이 말했다.

"그렇기 때문에 우리가 이 일을 할 수 있다는 겁니다. 그 얘긴 나중에 합시다."

하지만 사실 그것은 매우 중요한 문제였다. 왜냐하면 라디오 방송국끼리는 언제나 경쟁이 심하기 때문이었다. 방송국들이 서로 협조하는 경우는 매우 드물었으며, 일반적인 상식으로 생각할 때 그렇게 하도록 만든다는 것은 실제로 거의 불가능한 일이었다.

갑자기 누군가 한 가지 제안을 내놓았다.

"이렇게 하면 어떨까요? 캐나다 방송계에서 가장 명성을 얻고 있는 하비 커크와 로이드 로버트슨에게 이 방송의 진행을 맡기는 겁니다."

사실 그것도 불가능한 일이었다. 두 사람은 전국 텔레비전 방송 앵커이며, 라디오에는 절대 나오지 않기로 유명했다.

하지만 이 제안이 계기가 되어 온갖 창의적인 아이디어들이 봇물 터지듯 쏟아져 나오기 시작했다.

그때는 금요일이었다. 그다음 주 화요일, 그들은 '라디오 마라톤'을 시작했다. 캐나다 전역에서 쉰 개가 넘는 방송국들이 이 방송에 참여했다. 베리 시 주민들에게 혜택이 돌아가는 한, 누가 이 방송을 주도하는지 아무도 신경 쓰지 않았다. 하비 커크와 로이드 로버트슨이 생방송 진행을 맡았다. 그렇게 해서 그들은 실제로 3시간 방송을 통해 3일 만에 3백만 달러를 모금하는 데 성공했다.

당신 역시 무엇이든지 할 수 있다. 이 일을 왜 할 수 없는가보다 어떻게 해낼 것인가에 초점을 맞춘다면 말이다.

밥 프록터

토미의 자동차 스티커

하루는 내가 다니는 캘리포니아의 헌팅턴비치 교회 앞에서 한 남자아이가 날 기다리고 있었다. 내가 설명하는 어린이 은행 얘기를 들었다는 것이었다. 아이는 내게 악수를 청하고 나서 말했다.

"제 이름은 토미 타이예요. 일곱 살이고요, 아저씨의 어린이 은행에서 돈을 빌리고 싶어요."

내가 말했다.

"토미, 그게 바로 내가 하는 일이란다. 아이들에게 돈을 빌려주는 것 말이다. 그리고 지금까지 돈을 빌렸던 아이들이 모두 돈을 갚았지. 넌 그 돈으로 뭘 하고 싶어서 그러니?"

토미가 말했다.

"전 여섯 살 때부터 세상의 평화를 위해서 뭔가 할 수 있다는 생각을 해왔어요. 그래서 '아이들을 위해서 평화를!'이라는 자동차 스티커를 만들고 싶어요. 스티커 밑에는 '토미'라는 사인을 넣을 거예요."

내가 말했다.

"그렇다면 내가 후원하마."

1천 장의 자동차 스티커를 제작하려면 454달러가 필요했다. '마크 빅터 한센 어린이 자유기업 기금'에서 인쇄비를 지불했다.

토미의 아버지가 내 귀에 대고 말했다.

"돈을 갚지 못할 경우를 대비해서 토미의 자전거를 담보로 잡으실 건가요?"

내가 말했다.

"아닙니다. 모든 아이들은 정직성과 도덕성과 윤리관을 가지고 태어난다는 것이 제 신조입니다. 아이들에게 필요한 것은 다른 방식의 교육이지요. 저는 토미가 돈을 갚으리라 믿습니다."

만일 당신에게 열 살이 넘은 자녀가 있다면 타인을 상대로 정직하고 도덕적인 금전 관계를 맺는 경험을 해보도록 하는 것이 좋다. 그렇게 하면 아이들은 일찍부터 돈에 대한 원칙을 배울 수 있다.

나는 토미에게 내 강의 테이프를 전부 복사해서 주었다. 토미는 강의 테이프를 스물한 번이나 되풀이해서 들은 뒤 완전히 자신의 것으로 만들었다. 그중에는 이런 내용이 있었다.

"항상 높은 지위에 있는 사람부터 판매를 하기 시작하라."

토미는 아빠를 설득해 로널드 레이건 전 대통령의 집으로 찾아갔다. 초인종을 누르자 경비원이 나왔다. 토미는 도저히 뿌리칠 수 없는 판매 전략으로 2분에 걸쳐 자신이 만든 자동차 스티커를 설명했다. 마침내 경비원이 호주머니에서 1달러 50센트를 꺼내 토미에게 건네주며 말했다.

"자, 이건 내가 사는 거다. 그리고 잠깐 기다려라. 내가 가서 대통령을 모셔오마."

나중에 내가 토미에게 물었다.

"넌 어떻게 그런 생각을 해냈니?"

토미가 말했다.

"아저씨가 강의 테이프에서 상대가 누구든지 판매를 시도하라고 말씀하셨잖아요."

나는 인정할 수밖에 없었다.

"그래, 맞다, 맞아. 내 책임이야."

토미는 미하일 고르바초프 대통령에게도 스티커와 1달러 50센트짜리 계산서를 같이 보냈다. 고르바초프는 토미에게 곧바로 1달러 50센트를 보냈고, 자신의 사진에 다음과 같은 글을 적어 보냈다.

"토미 군, 평화를 위해 계속 노력하길 바랍니다."

그 밑에는 '러시아 대통령 미하일 고르바초프'라는 자필 서명이 있었다.

유명 인사들의 사인을 수집하던 내가 토미에게 말했다.

"고르바초프 대통령의 사인을 내게 팔면 5백 달러를 주마."

토미는 말했다.

"고맙지만 사양하겠어요, 마크 아저씨."

내가 말했다.

"토미, 난 회사 몇 개를 소유하고 있단다. 네가 더 크면 널 우리 회사에서 일하게 하고 싶구나."

그러자 토미가 말했다.

"농담하시는 거예요? 제가 나이를 더 먹으면 아저씨를 제 회사에서 일하게 할 거예요."

얼마 후에 오렌지카운티 지역 신문 일요판에 토미의 이야기와 내가 만든 어린이 자유 기업 은행에 대한 기사가 실렸다. 기자 마티 쇼가 장장 여섯 시간에 걸쳐 토미를 인터뷰한 내용을 바탕으로 대서특필한 기사였다.

마티가 토미에게 자신의 행동이 세계 평화에 과연 얼마나 영향을 미칠 거라고 생각하는지 물었다.

토미가 대답했다.

"큰일을 하기에 전 아직 나이가 어리다고 생각해요. 세상의 모든 전쟁을 멈출 수 있으려면 적어도 열 살이나 열한 살은 되어야겠지요."

마티가 물었다.

"가장 존경하는 인물은?"

토미가 말했다.

"우리 아빠와 월리 조이너, 그리고 마크 빅터 한센 씨예요."

토미는 역시 사람을 볼 줄 안다.

사흘 뒤, 나는 홀마크 사 직원에게 전화를 받았다. 신문에 난 기사를 읽고, 샌프란시스코에서 열리는 홀마크 사 지점장 연수회에 토미를 강사로 초청하고 싶다는 것이었다. 기사를 통해 그들은 토미가 다음과 같은 아홉 단계 목표를 세웠다는 사실을 알게 되었다.

1. 비용을 따져본다.
2. 자동차 스티커를 인쇄한다.
3. 돈을 빌릴 계획을 세운다.
4. 사람들에게 어떻게 말하면 좋은지 찾아낸다.
5. 유명한 사람들의 주소를 알아낸다.

6. 각 나라의 대통령과 정치 지도자들에게 편지를 보내고 무료로 스티커 한 장씩 보낸다.
7. 모든 사람에게 평화에 대해 이야기한다.
8. 신문 가판대를 찾아가 내 사업에 대해 이야기한다.
9. 학교에서도 대화를 나눈다.

홀마크 사에서는 나에게 토미의 강연을 주선해달라고 부탁했다. 결국 시간이 너무 촉박해 강연은 하지 못했지만 나와 토미에게는 대단히 고무적인 일이었다.

존 리버스가 토미에게 자신이 진행하는 텔레비전 쇼에 출연해달라고 요청했다. 누군가 그녀에게 토미의 인터뷰 기사를 복사해 보냈던 것이다.

존이 토미에게 전화를 걸어 말했다.

"토미, 난 존 리버스인데, 내가 진행하는 텔레비전 토크쇼에 널 초대하고 싶구나. 수백만 명이 이 프로를 지켜볼 거야."

토미가 말했다.

"그래요? 좋아요."

토미는 사실 존 리버스가 누구인지 잘 알지도 못했다. 존이 말했다.

"네게 출연료로 3백 달러를 주마."

토미가 말했다.

"그것도 좋아요."

내 강의 테이프를 반복해서 들었던 토미는 존에게도 세일즈를 시작했다.

"전 이제 아홉 살밖에 안 됐고, 혼자선 먼 여행을 할 수가 없어요. 엄마와 함께 가야 하는데, 엄마의 여행 비용도 대주실 수 있으세요?"

존이 대답했다.

"물론이지!"

토미가 말했다.

"그리고 방금 텔레비전에서 〈부자와 유명 인사들이 살아가는 방식〉이란 프로를 봤는데, 뉴욕에 가면 트럼프 플라자 호텔에서 자야 한다고 했어요. 그렇게 해주실 수 있겠죠?"

존이 대답했다.

"물론 그렇게 해주마."

"또 뉴욕에 가면 반드시 엠파이어스테이트 빌딩과 자유의 여신상을 구경하라는데, 엄마와 저를 위해 입장권을 준비해주실 수 있으세요?"

"그렇게 할게……."

"좋아요. 그런데 엄마가 운전을 할 줄 모른다는 사실을 말씀드

렸던가요? 우리가 뉴욕에 있는 동안 아줌마의 리무진을 써도 될까요?"

존이 말했다.

"그래, 해달라는 대로 다 해주마."

토미는 마침내 존 리버스 토크쇼에 출연해 존과 카메라맨, 방청객과 시청자 모두를 매료시켰다. 토미는 미남에다 유머 감각이 있었으며, 솔직하고, 어린 나이에도 자신감에 차 있었다. 설득력 있고 흥미 있는 이야기에 이끌린 방청객들은 그 자리에서 토미의 자동차 스티커를 샀다.

토크쇼가 끝날 무렵 존이 토미에게 물었다.

"토미, 넌 정말로 네가 만든 스티커가 세상에 평화를 가져다주리라고 믿고 있니?"

토미는 반짝이는 눈으로 진지하게 대답했다.

"제가 이 일을 시작한 지 2년밖에 안 되었을 때 베를린 장벽이 무너졌어요. 그만하면 잘 해낸 거 아닌가요?"

마크 빅터 한센

할 수 있어요, 엄마

당신이 할 수 있다고 생각하든 할 수 없다고 생각하든, 당신의 생각은 옳다.

헨리 포드

뉴욕제츠 팀의 수비수로 활약하는 미식축구 선수 마티 라이언스에게는 로키라는 일곱 살 난 아들이 있었다. 어느 날 저녁, 로키는 픽업 트럭의 앞좌석에서 엄마 무릎에 다리를 올려놓고 잠이 들었다.

로키의 엄마 켈리 라이언스는 구불거리는 2차선 시골길을 조심스럽게 운전해 내려갔다. 앞쪽에 폭이 좁은 다리가 나타났다.

다리로 진입하는 순간 차바퀴가 길에 파인 구덩이에 부딪히는 바람에 트럭이 도로에서 미끄러졌다. 그러면서 오른쪽 앞바퀴가 절벽 난간에 걸렸다.

트럭이 뒤집힐지도 모른다는 두려움 때문에 켈리는 차를 도로 위로 올라서게 하려고 급히 액셀을 밟으며 핸들을 왼쪽으로 꺾으려 했다. 그런데 로키의 발이 그녀의 다리와 핸들 사이에 끼는 바람에 차를 통제할 수가 없었다.

트럭은 6미터 아래 절벽으로 공중제비를 하며 추락했다. 차가 바닥에 부딪히는 순간 로키는 잠에서 깨어났다.

"무슨 일이야, 엄마? 왜 핸들이 하늘을 향하고 있지?"

켈리는 피범벅이 되었다. 기어 장치가 튀어 오르면서 얼굴을 치는 바람에 입술에서 이마까지 찢겨져나갔다. 잇몸이 찢어지고, 뺨은 가루처럼 부서졌으며, 어깨뼈도 으스러졌다. 부러진 뼈 하나는 겨드랑이를 뚫고 튀어나왔다. 그녀는 구겨진 차 문짝 안에 꼼짝없이 갇혀버렸다.

로키가 소리쳤다.

"내가 꺼내줄게, 엄마!"

기적적으로 로키는 다친 곳이 없었다. 켈리의 밑에서 빠져나온 로키는 열린 창문으로 미끄러져나가 그녀를 밖으로 힘껏 잡아당겼다. 그러나 켈리는 꼼짝도 하지 않았다.

켈리는 반쯤 의식을 잃은 상태에서 중얼거렸다.

"날 자게 내버려둬, 로키."

로키는 소리쳤다.

"안 돼, 엄마! 잠들면 안 돼!"

로키는 다시 트럭 안으로 기어들어가 켈리를 차 밖으로 밀어내는 데 성공했다. 그런 다음 도로 위로 올라가서 지나가는 차를 세워 도움을 요청하겠다고 말했다.

켈리는 무의식 중에도 차들이 어두운 도로에 서 있는 아들을 발견하지 못하고 그냥 달려들까 봐 로키 혼자서 도로 위로 올라가지 못하게 막았다.

그래서 두 사람은 함께 가파른 제방을 기어 올라가기 시작했다. 로키는 20킬로그램의 연약한 몸으로 50킬로그램의 엄마를 밀어올렸다. 그들은 한 번에 한 발씩 온 힘을 다해 앞으로 나아갔다. 고통이 너무 심했던 켈리는 포기하고 싶어 했지만 로키가 그냥 두지 않았다.

로키는 엄마에게 기운을 불어넣기 위해 동화책에 나오는 작은 기관차 이야기를 했다. 작은 기관차가 큰 기차를 끌고 가파른 산을 올라가는 내용이었다.

켈리에게 그 얘기를 들려주면서 로키는 계속 소리쳤다.

"우린 할 수 있어. 우린 할 수 있어, 엄마."

마침내 두 사람이 도로 위까지 기어 올라왔을 때, 로키는 그제야 엄마의 찢긴 얼굴을 보았다. 자신도 모르게 울음이 터져 나왔다. 그때 트럭이 한 대 달려왔다. 로키는 필사적으로 손을 흔들며 차를 세웠다. 그러고는 소리쳤다.

"우리 엄마를 병원에 데려다 주세요!"

켈리의 얼굴을 복원하기 위해 8시간 동안 344바늘이나 꿰매는 대수술이 진행되었다. 그녀는 현재 완전히 다른 얼굴을 하고 있다.

켈리는 말한다.

"전에는 길고 똑바른 코에다 가는 입술, 높은 광대뼈가 있는 얼굴이었지요. 이제 저는 들창코에 평평한 뺨, 그리고 훨씬 두꺼운 입술을 갖고 있습니다."

얼굴의 흉터는 차차 없어졌고, 몸도 회복되었다.

로키의 영웅적인 행동은 큰 화제가 되었다. 그러나 이 용감한 아이는 자기가 절대 특별한 일을 한 게 아니라고 주장한다. 로키는 다른 아이들도 당연히 그렇게 했을 것이라고 말했다.

로키의 엄마는 말한다.

"만일 로키가 아니었다면 난 피를 너무 많이 흘려 죽었을 거예요."

미셸 보바에게 들은 이야기

때로는 다른 시도를

다음 이야기를 처음 읽었을 무렵, 우리는 사람들에게 한두 해 안에 백만 달러 수준까지 수입을 올리는 방법을 가르치기 위해 '백만 달러 포럼' 세미나를 막 시작했다. 세미나를 진행하면서 우리는 참석자들이 성공을 위해서는 부드러운 시도를 하기보다는 강력히 밀고 나가야 한다는 판에 박힌 생각을 하고 있음을 알게 되었다.

열심히 노력한다고 해서 성공이 항상 찾아오는 것은 아니다. 때로 우리는 한 차원 높은 성공을 위해 다른 관점에서 무엇인가를 시도할 필요가 있다. 우리가 가진 관념의 틀, 상투성의 감옥, 편리한 방식을 깰 필요가 있는 것이다.

나는 토론토에서 한 시간 정도 떨어진, 소나무숲에 둘러싸인 평화로운 밀크로프트 호텔의 한적한 방 안에 앉아 있었다. 7월 하순, 정오가 막 지나서였다. 나는 몇 발짝 앞에서 벌어지고 있는 필사적인 생과 사의 소음을 듣고 있었다.

작은 파리 한 마리가 유리창 밖으로 나가기 위해 마지막 남은 기운을 소모하며 맹렬히 유리창에 머리를 부딪치고 있었다. 파리는 그것이 헛된 시도라는 걸 모르고 있었다. 윙윙대는 날갯짓 소리는 파리가 알고 있는 유일한 방식, 즉 '더 열심히 밀고 나가라'는 것이 얼마나 위험한지 말해주고 있었다.

아무리 해도 파리는 유리창 밖으로 나갈 수 없었다. 노력은 파리에게 생존의 희망을 안겨주지 못했다. 정반대로, 노력하면 할수록 파리는 더 깊은 덫에 걸려들었다. 그럼에도 불구하고 그 연약한 곤충은 목표 지점으로 나아가기 위해 목숨을 건 필사적인 사투를 벌이고 있었다.

마침내 파리의 날갯짓이 약해졌다. 파리는 얼마 가지 않아 창틀에 떨어져 죽을 게 뻔했다.

그런데 겨우 열 발짝 앞에 방문이 열려 있었다. 10초만 날아가도 이 곤충은 자신이 원하는 바깥세상으로 나갈 수 있었다. 지금 하고 있는 헛된 노력에 들이는 것보다 훨씬 적은 힘을 들이고도 스스로 만든 덫에서 해방될 수 있었다. 바깥으로 나갈 수 있는 길이 바로 곁에 있었다. 그것은 그토록 쉬운 일이었다.

왜 파리는 노력을 멈추고 다른 방법을 시도하지 않았을까?

왜 반대편 방향을 한 번이라도 바라보지 않았을까?

파리는 어떤 이유로 유리창에 머리를 부딪치는 방식과 노력만이 성공을 보장한다고 그토록 단단히 믿게 되었을까?

무슨 논리로 파리는 목숨을 버리면서까지 그 방식을 버리지 못한 걸까?

말할 필요도 없이 그런 방식은 아무런 의미가 없다. 불행히도 파리를 죽음으로 내몰았을 뿐이다.

더 열심히 노력하는 것, 그것이 반드시 성공의 열쇠는 아니다. 어쩌면 당신이 삶에서 진정 원하는 무언가를 가져다주지 못할 수도 있다. 때로는 일방적인 노력 자체가 큰 문제일 수 있다.

만일 당신이 전보다 더 열심히 분발해서 유리창을 깨고 바깥으로 나가겠다는 희망에 집착한다면, 당신은 진정한 성공의 기회들을 놓치게 될지도 모른다.

프라이스 프리체트

어떤 답장

한 남자가 여름휴가를 가기로 한 미국 중서부 도시에 있는 작은 호텔에 편지를 보냈다.

이번 휴가 때 제 반려견을 꼭 데려가고 싶습니다. 그 아이는 훈련이 잘 되어 있고, 절대로 말썽을 일으키지 않습니다. 반려견을 밤에 호텔 방 안에서 데리고 잘 수 있도록 부디 허락을 해주시기 바랍니다.

그러자 호텔 주인이 금방 답장을 보냈다. 편지에는 이런 내용이 적혀 있었다.

나는 이 호텔을 수년 동안 운영해왔습니다. 그동안 나는 수건이나 잠옷, 가운, 컵이나 심지어 벽에 걸린 그림을 훔쳐 가는 개를 한 번도 본 적이 없어요. 한밤중에 술에 취해서 행패를 부리는 개를 쫓아내야 했던 적도, 숙박비를 내지 않고 몰래 달아나는 개를 본 적도 없습니다.
아무 걱정하지 마십시오. 당신의 반려견이 언제든지 우리 호텔에 오는 걸 환영합니다. 그리고 그가 당신의 인품을 보증한다면, 당신 역시 우리 호텔에 묵어도 좋습니다.

카를 알브레히트 · 론 젠커

누군가 내 곁에 있다는 믿음

장애물이란
당신이 목표 지점에서 눈을 돌릴 때 나타난다.
당신이 목표에 눈을 고정해두고 있다면
장애물은 보이지 않는다.

헨리 포드

글을 읽지 못하는 사람의 편지

존 코코란은 아주 어렸을 때부터 글자만 보면 조롱을 당하는 기분이었다. 문장 속의 글자들은 눈에만 들어오면 제멋대로 자리바꿈을 하고, 모음은 귓속을 통과하는 순간 소리의 의미를 잃어버렸다.

초등학교에 입학한 존은 자신이 다른 아이들과 완전히 다르다는 사실을 느끼며 멍청히 앉아 있어야만 했다. 만일 누군가 그 어린 소년의 옆자리에 앉아 어깨에 팔을 얹으면서 "내가 도와줄 테니 걱정하지 마" 하고 말했더라면 그의 인생은 크게 달라졌을 것이다.

하지만 아무도 그렇게 해주지 않았다.

그 무렵 아무도 난독증이라는 걸 들어보지 못했다. 난독증은 문자나 숫자 등을 논리적으로 배열하는 기능을 가진 왼쪽 두뇌에 이상이 생겨, 글을 읽지 못하는 증세를 말한다. 어린 존은 자신의 증상을 남에게 설명할 수 없었다.

2학년 때 존은 '말을 못하는 줄'에 앉아야만 했다.

3학년 때는 수녀였던 선생님이 다른 아이들에게 대나무 자를 주고, 존이 책 읽기와 글자 쓰기를 거부할 때마다 종아리를 때리도록 했다.

4학년이 되자 담임은 존에게 책읽기를 시킨 다음 1분이 넘도록 가만히 기다리곤 했다. 그럴 때마다 존은 숨이 막혀 죽을 것 같은 기분이었다.

어쨌든 존은 그런 식으로 한 학년씩 올라갔다. 그는 평생 단 한 번도 낙제를 한 적이 없었다.

고등학교 졸업반이 될 무렵, 존은 학교 농구 팀에서 두각을 나타내 졸업생 대표로 선발되기까지 했다. 졸업식장에서 어머니는 눈물을 글썽이며 존에게 키스를 했다. 그리고 대학 진학을 권유했다.

대학이라고? 대학에 간다는 건 꿈에도 생각지 못한 일이었다. 하지만 존은 결국 엘파소에 있는 텍사스 대학에 가기로 했다. 이 대학 농구 팀에서 활동할 계획이었다. 존은 눈을 감고 숨을 깊이들이쉬었다. 그러고는 다시 한 번 적진을 향해 돌진했다.

대학에서 존은 새로 사귄 친구들에게 물었다. 어느 교수가 논술 시험을 많이 내는지, 또 어느 교수가 객관식 시험을 내는지 말이다. 수업이 끝나고 강의실 밖으로 나오면 존은 다른 학생이 노트를 빌려달라고 할까봐 무의미하게 휘갈겨 쓴 자신의 노트를 그 자리에서 찢어버리곤 했다.

저녁에는 기숙사로 돌아와 룸메이트가 눈치채지 못하도록 일부러 두꺼운 대학 교재를 펼쳐 들고 오랫동안 앉아 있기도 했다. 밤에 지쳐서 잠자리에 누워도 존은 머릿속을 괴롭히는 생각 때문에 잠을 이룰 수 없었다. 만일 하나님께서 학점을 따게 해주신다면 30일 동안 하루도 빠짐없이 새벽 미사에 참석하겠노라고 다짐하기도 했다.

그렇게 존은 학위를 받았다. 그리고 약속대로 30일간 새벽 미사에 참가했다. 이젠 뭘 할 것인가? 어쩌면 그는 이제 철저히 중독됐는지도 모른다. 그가 마음속으로 가장 불안하게 여기면서 또한 가장 원하는 것은 남에게 인정받는 일이었다. 어쩌면 그런 이유로 존은 1961년에 교사가 되었는지도 모른다.

존은 캘리포니아에서 학생들을 가르쳤다. 수업시간에 그는 학생들에게 교과서를 읽도록 했다. 시험 문제도 구멍 뚫린 답안지 하나를 얹어놓고 채점을 할 수 있도록 객관식 문제만 냈다.

주말 아침이면 존은 비참한 기분으로 몇 시간씩 침대에 누워 있곤 했다.

그 무렵 존은 운명처럼 캐시를 만났다. A학점을 받는 학생이자 간호사였다. 물론 존처럼 나뭇잎 같은 사람이 아닌, 바위 같은 사람이었다. 두 사람은 결혼을 약속했고, 그녀와 결혼하기 전인 1975년의 어느 날 밤 존이 말했다.

"당신에게 고백할 것이 있어요, 캐시. 난 글을 읽지 못해요."

캐시는 믿으려 들지 않았다. '그래도 학교 선생인데……' 하고 그녀는 생각했다. 아마 글을 빨리 읽지 못한다는 뜻이리라 짐작했다.

여러 해가 지나 존이 18개월 된 딸에게 동화책을 읽어주지 못하자 캐시는 비로소 그가 한 말의 의미를 깨달았다. 캐시는 존에게 서류와 편지를 대신 읽고, 대신 써주었다. 왜 자기한테 읽고 쓰는 법을 가르쳐달라고 부탁하지 않았는지 이해가 가지 않았다. 하지만 존은 누군가 자기를 가르칠 수 있다고 생각하지 않았다.

스물여덟 살이 된 존은 2천 5백 달러를 빌려 집을 한 채 더 샀다. 그러고는 집을 수리해서 세를 놓았다. 그런 식으로 여러 채의 집을 사서 세를 놓았다. 사업이 점차 커져 마침내 비서와 변호사와 동업자까지 두게 되었다.

그러던 어느 날 회계사는 그에게 백만장자가 되었다는 소식을 알렸다. 완벽했다. 백만장자가 건물에 들어갈 때마다 유리문에 적힌 '미시오'와 '당기시오'를 구분하지 못해 매번 엉뚱한 문에 부딪히고, 화장실에서는 어느 쪽이 신사용인지 몰라 다른 사람이 들어가거나 나올 때까지 기다려야 한다는 사실을 누가 눈치챌 것인가?

1982년에 사업이 흔들리기 시작했다. 집은 빈 채로 남아 있게 되었고, 투자자들은 자금을 회수해 갔다. 배달된 서류 봉투 속에서는 저당물을 경매에 부치거나 소송을 걸겠다는 협박 편지가 쏟아져 나왔다.

매일 아침 눈만 뜨면 존은 대출금 납부 기한을 연기해달라고 은행 직원에게 통사정을 해야 했다. 건물에 세든 사람들에겐 떠나지 말고 좀 더 있어 달라고 애원하고, 건물 주주들에게도 납득이 가도록 설명해야만 했다. 머지않아 그들 모두가 자신을 심판대에 세워놓고 검은 옷을 입은 판사가 이렇게 선언할 것만 같았다.

"진실을 말하시오, 존 코코란. 당신은 글을 읽을 수 없지 않소?"

마침내 1986년 가을, 마흔여덟 살이 된 존은 자신이 지금까지 하지 않은 두 가지 일을 하기로 결심했다.

그는 자기 집을 담보로 건축에 필요한 마지막 융자를 받았다. 그리고 칼스바드 시립 도서관에 찾아가서 개인 교습 프로그램 담당자에게 말했다.

"난 글을 읽을 줄 모릅니다."

그러고는 울음을 터뜨렸다.

존은 엘리너 콘딧이라는 예순다섯 살의 할머니를 소개받았다. 그녀는 무한한 참을성을 가지고 한 글자씩 발음하며 존을 가르쳤다. 14개월 만에 그의 회사가 다시 살아나기 시작했다. 그리고 존은 이제 글을 읽을 수 있게 되었다.

그다음 단계는 고백하는 일이었다. 존은 샌디에이고에 모인 2백 명의 쟁쟁한 사업가들 앞에서 자신이 글을 읽지 못했었다는 사실을 최초로 고백했다. 그 후 그는 샌디에이고 문맹퇴치위원회 이사로 선출되어 미국 전역을 돌아다니며 강연을 하기 시작했다.

존은 청중들을 향해 말했다.

"문맹은 노예 상태와 같습니다! 우리는 남을 비난하면서 언제까지나 시간을 낭비할 순 없습니다. 글자를 아는 사람들에게 매달려 끝까지 배워야만 합니다."

존은 손에 잡히는 모든 책과 잡지를 읽었다. 그리고 길을 지나가다 보이는 간판을 소리 내어 읽었다. 아내 캐시가 시끄럽다고 소리 지를 때까지.

글을 읽는다는 것은 마치 노래하듯이 기쁜 일이었다. 이제 존은 편안히 잠을 잘 수 있었다.

어느 날 존의 마음 속에 한 가지 사실이 떠올랐다. 마지막으로 해야 할 일이 더 남아 있었다. 그의 사무실 먼지 묻은 상자 속에는 편지 한 묶음이 보관되어 있었다. 25년 전, 사랑하는 연인 캐시로부터 받은 편지였다. 존은 이제 그 편지를 읽을 수 있다.

게리 스미스

실패를 두려워하지 마라

당신은 지금까지 수없이 실패해왔다. 당신이 기억하지 못할지라도.

당신은 걸음마를 배울 때 수없이 넘어졌다.

처음으로 수영을 배울 때는 물에 빠져 죽을 뻔하기도 했다.

처음으로 야구 방망이를 휘둘렀을 때 공을 맞힐 수나 있었나?

홈런을 가장 많이 친 사람들은 삼진 아웃을 가장 많이 당한 사람들이기도 하다.

미국 최대의 백화점 체인 메이시의 창립자 R.H. 메이시는 뉴욕에서 성공할 때까지 일곱 번이나 실패했다.

영국 소설가 존 크리시는 564권의 책을 출간하기 전까지

753번이나 거절당했다.

야구왕 베이브 루스는 삼진 아웃을 1330번이나 당했지만 714개의 홈런을 쳤다.

실패를 두려워하지 마라.

시도하지도 않고 기회를 놓치는 걸 두려워하라.

미국 유나이티드 테크놀로지스 회사가
〈월 스트리트 저널〉에 발표한 메시지

아들에게 배운 교훈

내 아들 대니얼은 열세 살부터 파도타기에 미치기 시작했다. 학교가 시작되기 전이나 후면 거의 하루도 빠짐없이 수영복으로 갈아입고 파도타기 경계선 너머까지 헤엄쳐 가서 키가 1미터에서 1미터 80센티미터 안팎인 파도 친구들과 시합을 벌이곤 했다. 파도타기에 쏟는 대니얼의 열정은 어느 운명적인 오후에 시험을 당하게 되었다.

"댁의 아들이 사고를 당했습니다."

수상구조원이 내 남편 마이크에게 전화를 걸어 알려왔다.

남편이 놀라서 물었다.

"많이 다쳤습니까?"

구조원이 말했다.

"많이 다쳤습니다. 파도 꼭대기로 올라가다가 서핑 보드 끄트머리에 눈을 맞았습니다."

남편은 대니얼을 싣고 황급히 응급실로 달려갔다. 대니얼은 곧바로 성형외과로 옮겨져, 눈가에서 콧등까지 무려 스물여섯 바늘을 꿰매는 대수술을 받았다.

대니얼이 수술을 받는 동안 나는 강연 일정을 마친 뒤 비행기를 타고 집으로 돌아오고 있었다. 병원에서 수술이 끝나자마자 남편은 대니얼을 태우고 곧바로 공항으로 달려왔다. 대합실에서 나를 맞이한 남편은 대니얼이 차 안에서 기다리고 있다고 말했다.

"대니얼이요?"

나는 놀라서 물었다. 아마도 그날의 바다가 파도를 별로 보내주지 않은 모양이라고 난 생각했다.

그러자 남편이 내 어깨에 손을 얹으며 말했다.

"대니얼이 사고를 당했소. 하지만 곧 괜찮아질 거요."

그 말을 듣는 순간, 출장을 자주 다니는 '일하는 엄마'의 악몽이 현실로 일어난 것만 같았다. 눈앞에 아무것도 보이지 않았다. 어찌나 빨리 차가 있는 곳으로 달려갔는지 구두 뒷굽이 부러져 버렸다.

나는 차문을 벌컥 열었다. 눈에 붕대를 감은 막내아들이 나를 향해 두 팔을 벌리면서 울음을 터뜨렸다.

"엄마! 엄마가 집에 돌아와서 정말 기뻐요."

나 역시 아들의 팔에 안겨 흐느껴 울었다. 구조원이 전화를 했을 때 내가 그 자리에 없었던 것이 그토록 후회스러울 수가 없었다.

그러자 아들이 나를 달랬다.

"괜찮아요, 엄마. 어쨌든 엄마는 파도타기의 세계를 모르시잖아요."

"뭐라고?"

나는 아들의 엉뚱한 논리에 놀랐다. 그러자 아들이 말했다.

"전 괜찮을 거예요. 의사 선생님은 8일 뒤면 다시 물속에 들어갈 수 있다고 하셨어요."

이 아이 정신이 어떻게 된 걸까? 난 아들에게 앞으로 서른다섯 살이 될 때까지 다시는 물 근처에도 얼씬거리지 말라고 소리치려고 했다. 하지만 애써 참고서, 이번 사건을 계기로 아들이 파도타기를 영원히 잊기를 기도했다.

그다음 일주일 동안 아이는 다시 파도타기를 할 수 있게 해달라고 끝없이 내게 압력을 가했다. 나는 백 번이 넘도록 강력하게 안 된다고 말했다. 하지만 어느 날, 대니얼은 나를 꼼짝 못하게 만들었다.

“엄마, 엄마는 늘 우리에게 가장 원하는 일을 결코 포기하지 말라고 가르치셨잖아요.”

그러더니 대니얼은 내게 뇌물을 내밀었다. 랭스턴 휴스의 시가 담긴 작은 액자였다. 대니얼은 그것이 ‘엄마를 생각나게 하기 때문에’ 샀노라고 말했다.

엄마가 아들에게 주는 글

아들아, 난 너에게 말하고 싶다.
삶은 나에게 수정으로 된 계단이 아니었다는 것을.
그 계단에는 못도 떨어져 있었고
가시도 있었다.
그리고 판자에는 군데군데 구멍이 났지.
바닥에는 양탄자도 깔려 있지 않았어.
전부 맨바닥이었다.

그러나 난 지금까지 멈추지 않고
그 계단을 걸어 올라왔다.

층계참에도 도달하고

모퉁이도 돌고

때로는 전깃불도 없는 캄캄한 곳까지 올라갔다.

그러니 아들아, 넌 돌아서지 말아라.

계단 위에 주저앉지 말거라.

왜냐하면 넌 그것이 다만

약간 힘든 것일 뿐임을 알게 될 테니까.

지금 무너져내리면 안 된다.

왜냐하면 얘야, 난 아직도 그 계단을 올라가고 있으니까.

난 아직도 오르고 있다.

그리고 삶은 나에게 수정으로 된 계단이 아니었지.

나는 완전히 두 손 두 발 다 들고 말았다.

당시 대니얼은 파도타기에 미친 어린 소년에 불과했다. 지금 대니얼은 자기 삶에 책임을 질 줄 아는 어른이 되었다. 대니얼은 전 세계 프로 서퍼 중 상위 25위 안에 든다.

내가 먼 도시를 돌아다니며 청중에게 역설하던 한 가지 중요한 원리를 가족 안에서 시험해본 셈이다. 그 중요한 원리란 다음과 같다.

"자신이 사랑하는 것에 정열을 바치는 사람은 결코 포기하지 않는다."

대니엘 케네디

우리가 잊고 있는 사실들

다음 사실들을 생각해보자.

_ 영화배우 프레드 애스테어는 1933년에 첫 번째 카메라 테스트를 마친 뒤 MGM 영화사 심사위원장에게 다음과 같은 심사평이 적힌 메모지를 전달받았다. "연기력이 형편 없음! 게다가 약간 대머리임! 춤 솜씨도 수준 이하임!" 하지만 아스테어는 명배우가 되었다. 그는 지금도 그 메모를 비버리 힐스에 있는 자기 집 벽난로 위 액자에 넣어 보관하고 있다.

_ 한 전문가가 축구 선수 빈스 롬바르디를 이렇게 평했다. "축구에 대한 최소한의 지식조차 없음. 한마디로 열의 부족." 하

지만 빈스는 이후 세계적으로 유명한 축구 선수가 되었다.

_ 소크라테스는 법정에서 이런 판결을 받았다. "이 자는 젊은이들을 도덕적으로 타락시키는 죄인이다." 그러나 오늘날 소크라테스는 인류 역사상 최고의 철학자로 평가받고 있다.

_ 피터 대니얼이 4학년이었을 때 담임 교사인 미세스 필립스는 그에게 말했다. "넌 형편없는 아이야. 넌 썩은 사과 같은 존재야. 넌 결코 어느 자리에도 오르지 못할 거야." 피터는 스물여섯 살이 될 때까지 글을 읽지도 못했고 쓰지도 못했다. 어느 날 한 친구가 그에게 밤을 꼬박 새우며 《나폴레온 힐의 365 부자 되기Think and Grow Rich》라는 책을 읽어주었다. 그 결과 오늘날 피터는 그가 어렸을 때 불량배와 싸움을 벌이던 길 모퉁이의 모든 건물을 소유하게 되었으며, 최근에는 다음과 같은 책을 썼다. 《미세스 필립스, 당신이 틀렸소!Mrs. Phillips, You Were Wrong!》

_ 루이자 메이 올컷의 가족들은 그녀에게 남의 집 식모를 하든지 바느질 품팔이를 하라고 부추겼다. 하지만 포기하지 않고 작가의 길을 걷던 그는 《작은 아씨들》이라는 불후의 명작을 남겼다.

_ 베토벤은 바이올린을 다루는 데 매우 서툴렀으며, 연주를

개선하기보다는 스스로 작곡을 해서 연주하기를 더 좋아했다. 베토벤을 시도하던 음악 신생은 그의 연주를 듣고는 훌륭한 작곡가가 될 소질이 전혀 없다고 잘라 말했다.

_ 엔리코 카루소의 부모는 그에게 엔지니어가 되라고 강요했다. 담임 선생은 그의 목소리가 노래와는 아주 거리가 멀다고 말했다. 하지만 엔리코 카루소는 전설적인 성악가가 되었다.

_ 진화론의 창시자인 찰스 다윈은 의사가 되기를 포기했을 때 아버지로부터 이런 말을 들었다. "넌 사냥이나 다니고, 개와 쥐들을 쫓아다니는 일에나 쓸모가 있는 녀석이다." 다윈은 훗날 자서전에서 이렇게 말했다. "아버지뿐 아니라 나를 가르친 모든 교사들은 나를 지능이 보통 수준 이하인 평범한 소년으로 평가했다."

_ 월트 디즈니는 아이디어가 부족하다는 이유로 신문사 편집장에게 해고를 당했다. 그리고 그는 디즈니랜드를 세우기 전 여러 차례 파산을 경험했다.

_ 토머스 에디슨의 선생들은 그가 너무 멍청해서 아무것도 배울 수가 없다고 말했다.

_ 알베르트 아인슈타인은 다섯 살 때까지 말을 하지 못했고, 여덟 살이 될 때까지 글을 읽지 못했다. 그의 교사는 그를

"정신발달이 늦고, 남들과 잘 어울리지 못하며, 어리석은 몽상 속에서 언제까지나 헤매고 다닌다"라고 했다. 그는 결국 퇴학당했고, 취리히과학기술전문학교에서도 거부당했다.

_ 루이 파스퇴르는 지극히 평범한 대학생이었다. 특히 화학 과목에선 스물두 명 중에서 15등을 했다. 하지만 그는 세계 최고의 화학자이며 세균학자로 명성을 떨쳤다.

_ 아이작 뉴턴은 초등학교 시절에 성적이 매우 형편없는 학생이었다.

_ 조각가 로댕의 아버지는 언제나 "나는 바보천치 아들을 두었다"고 말했다. 학교에서 가장 열등한 아이로 지목된 로댕은 미술학교에 입학하는 데 세 번이나 실패했다. 로댕의 삼촌은 로댕을 교육시키는 일이 완전히 불가능하다고 말하기까지 했다.

_ 《전쟁과 평화》의 작가 레프 톨스토이는 대학 때 낙제했다. 교수들은 그를 "배울 만한 실력도 없을 뿐더러 배우려는 의지조차 없다"고 평가했다.

_ 《뜨거운 양철 지붕 위의 고양이》의 작가 테너시 윌리엄스는 워싱턴대학 연극제에서 자신의 희곡 작품인 《나, 바샤 Me, Vasha》가 뽑히지 않자 무척 화가 났다. 당시 담당 교수의 회상에 따르면, 윌리엄스는 심사위원들이 심사를 잘못했으

며, 무능력하다며 공공연하게 비난했다.

_ 미국 의류업계의 제왕 F.W. 울워스는 의류점에서 일할 때 고용주로부터 고객에 대한 감각이 아주 형편없다는 이야기를 듣곤 했다..

_ 헨리 포드는 다섯 번이나 실패하고 파산한 끝에 마침내 성공했다.

_ 베이브 루스는 위대한 운동선수이자 최다 홈런 기록을 세운 것으로 유명하다. 하지만 그가 삼진 아웃 세계 기록을 보유하고 있다는 사실을 아는 사람은 많지 않다.

_ 윈스턴 처칠은 6학년 때 낙제를 했다. 평생에 걸친 좌절과 패배를 경험한 끝에 예순두 살이 되어서 비로소 영국 수상이 되었다. 그는 시니어 시티즌(예순다섯 살 이상의 연금 생활자. 서양에서 흔히 노인을 가리킬 때 사용하는 표현)이 되어서야 세상에 가장 중요한 공헌을 하기 시작했다.

_ 높이 나는 갈매기 '조나단 리빙스턴 시걸'에 대한 리처드 버크의 대표작 《갈매기의 꿈》은 열여덟 개 출판사에서 거절당한 뒤 1970년에 맥밀란 출판사에서 나왔다. 그 후 1975년까지 미국에서만 7백만 부가 팔렸다.

_ 리처드 후커는 7년의 세월이 걸려 소설 《매시MASH》를 완성했으나 스물한 개 출판사에서 거절당한 뒤 모로우 사에

서 출간할 수 있었다. 그 작품은 베스트셀러가 되었고, 영화로 제작되어 대성공을 거두었으며, 텔레비전 시리즈로 만들어져 역대 최고의 시청률을 올렸다.

잭 캔필드 · 마크 빅터 한센

나를 좀 도와주시겠습니까?

1989년 진도 8.2의 대지진이 아르메니아를 덮쳐 불과 4분 만에 온 지역을 폐허로 만들고 3만 명의 목숨을 앗아갔다.

극심한 파괴와 혼란 속에서, 한 남자가 아내를 안전한 곳으로 피신시킨 후 아들이 있는 학교로 달려갔다. 학교 건물은 샌드위치처럼 납작하게 찌그러져 있었다.

그는 충격을 받아 실신할 것 같았으나, 아들에게 했던 약속이 생각났다.

'무슨 일이 일어나든지 아버지는 널 위해 달려갈 거야!'

그 약속을 생각하니 눈물이 쏟아졌다. 폭삭 무너져내린 학교 건물 잔해는 그에게 절망감만 안겨주었다. 하지만 그는 아들과 한 약속을 잊을 수가 없었다.

그는 아침마다 아들을 데려다주었던 교실 위치를 기억해내려고 애를 썼다. 건물 뒤편의 오른쪽 모퉁이 지점이 아들의 교실이었다. 그는 그쪽으로 달려가 맨손으로 잔해를 파헤치기 시작했다.

그가 정신없이 잔해를 드러내고 있을 때 슬픔에 젖은 다른 학부모들이 도착했다. 그들은 절망에 찬 목소리로 가슴을 치며 자식의 이름을 불렀다. 이윽고 몇몇 부모들이 다가와 돌무더기로부터 그를 끌어내며 말했다.

"너무 늦었어요!"

"아이들은 다 죽었다고요!"

"그래봐야 아무 소용없어요!"

"어서 집으로 돌아갑시다!"

그들은 같은 처지에 놓인 그를 위로하려고 애를 썼다.

"자, 마음을 추스르고 상황을 받아들여요. 당신이 할 수 있는 일은 아무것도 없어요!"

"이러다간 당신마저 다친다고요!"

그러나 그 부모들에게 그는 이 한 가지 부탁만 했다.

"나를 좀 도와주시겠습니까?"

그렇게 말한 뒤 아들을 찾아 계속해서 돌무더기를 파내려갔다.

소방대장이 달려와 그를 무너진 건물에서 끌어내며 소리쳤다.

"화재가 날지도 몰라요. 곳곳에서 폭발이 일어나고 있어요. 이러다간 당신까지 위험해요. 우리가 적절한 조치를 취할 테니 당신은 어서 집으로 돌아가요."

아들을 구하겠다는 일념에 찬 이 남자는 소방대장에게 부탁했다.

"나를 좀 도와주시겠습니까?"

경찰들이 몰려와서 말했다.

"당신 마음이 괴로운 건 다 이해해요. 하지만 이미 끝난 일이에요. 당신은 다른 사람들까지도 위험에 몰아넣고 있어요. 어서 집으로 돌아가요. 우리가 대신 처리할 테니!"

경찰들에게도 그는 똑같은 부탁을 했다.

"나를 좀 도와주시겠습니까?"

아무도 그를 도와주지 않았다. 하지만 그는 포기하지 않고 혼자서 작업을 계속했다. 아들이 살았는지 죽었는지 자신의 눈으로 직접 확인하고 싶었다.

여덟 시간 동안 그는 그렇게 혼자서 파편을 파헤쳐 들어갔다. 열두 시간, 스물네 시간, 서른여섯 시간……. 마침내 서른여덟 시간이 지나 그가 커다란 둥근 돌 하나를 들어내자 안에서 아들의 목소리가 흘러나왔다. 그는 미친 듯이 아들의 이름을 불렀다.

"아르망드!"

그러자 대답하는 소리가 들렸다.

"아빠예요? 나 여기 있어요, 아빠! 내가 다른 아이들에게 걱정하지 말라고 그랬어요. 아빠가 살아 계시면 틀림없이 날 구하러 오실 거고, 또 날 구하면 다른 아이들도 구해주실 거라고 설명해줬어요. 아빠가 나한테 약속했잖아요. 무슨 일이 일어나든지 아빠가 날 위해 달려올 거라고요. 아빠는 정말 약속을 지켰어요!"

남자가 물었다.

"그 안에 누구누구가 있니? 다들 살았니?"

"서른세 명 중에 열네 명만 살았어요, 아빠. 우린 무섭고, 배고프고, 목이 말라요. 아빠가 와줘서 정말 고마워요. 벽이 서로 무너지면서 부딪쳤기 때문에 공간이 생겨서 겨우 살아남은 거예요."

"어서 이리 나와라, 얘야!"

"아니에요, 아빠! 다른 아이들부터 꺼내줘요. 난 아빠가 날 꺼내주리란 사실을 알고 있으니까요. 무슨 일이 일어나든지 아빠가 날 위해 달려오리라는 걸 난 알아요!"

마크 빅터 한센

포기하지 않는 삶

우리 모두에게는 앞으로 나아갈 의무가 있다. 우리 모두는 노력할 의무가 있으며, 나는 그 의무가 부르는 소리를 늘 듣곤 했다.

에이브러햄 링컨

링컨은 포기하지 않는 삶을 산 가장 대표적인 예일 것이다. 중단하지 않는 사람에 대해 알고 싶다면 굳이 다른 인물을 찾을 필요가 없다.

가난한 집안에서 태어난 링컨은 평생에 걸쳐 실패와 마주쳐야 했다. 무려 여덟 번이나 선거에서 패배했으며, 두 번이나 사업에 실패했고, 신경쇠약증으로 고통받았다.

링컨은 수없이 중단할 수 있었다. 그러나 그는 그러지 않았다. 그리고 중단하지 않았기 때문에 미국 역사상 가장 위대한 대통령이 될 수 있었다.

링컨은 승리자였으며, 결코 포기하지 않았다. 링컨이 백악관에 도착할 때까지 걸어야 했던 험난한 길을 여기에 간단히 소개한다.

1816년 그의 가족이 집을 잃고 길거리로 쫓겨났다.

1816년 그는 혼자 힘으로 가족을 먹여 살려야만 했다.

1818년 어머니가 돌아가셨다.

1831년 사업에 실패했다.

1832년 주 의회에 진출하려 했으나 선거에서 낙선했다.

1832년 직장을 잃고 법률 학교에 입학하려 했으나 실패했다.

1833년 친구에게 빌린 돈으로 사업을 시작했으나, 연말에 완전히 파산했다. 이때 진 빚을 갚기 위해 17년 동안 일했다.

1834년 다시 주 의회 진출을 시도해 성공했다.

1834년 약혼자가 갑자기 세상을 떠나 큰 상처를 받았다.

1836년 극도의 신경쇠약증에 걸려 병원에 6개월간 입원했다.

1838년 주 의회 대변인 선거에 출마했으나 패배했다.

1840년 정부통령 선거위원에 출마했으나 패배했다.

1843년 미국 하원의원 선거에 출마했으나 패배했다.

1846년 또다시 하원의원 선거에 출마해, 낭선했다. 워싱턴으로 가 좋은 일자리를 구했다.

1848년 하원의원 재선거에 출마했으나 패배했다.

1849년 고향으로 돌아가 국유지 관리인이 되고자 했으나 받아들여지지 않았다.

1854년 미국 상원의원 선거에 출마했으나 패배했다.

1856년 소속 정당의 대의원 총회에서 부통령 후보 지명전에 출마했으나 백 표 차로 졌다.

1858년 다시 상원의원에 출마했으나 또다시 패배했다.

1860년 미국 대통령에 선출되다.

내가 걷는 길은 험하고 미끄러웠다. 그래서 나는 자꾸만 미끄러져 길바닥 위에 넘어지곤 했다. 그러나 나는 곧 기운을 차리고 자신에게 이렇게 말했다. "길이 약간 미끄럽긴 해도 낭떠러지는 아니야."

에이브러햄 링컨(상원의원 선거에서 낙선한 뒤)

작자 미상

잠깐 멈춘 것뿐이야

씨앗 속에 담겨 있는 것을 보는 것, 그것이 바로 천재의 눈이다.

노자

캘리포니아에 있는 내 사무실에 들어오면 방 한쪽에 놓인 아름다운 복고풍 스페인제 타일과 마호가니로 만든 소다수 판매대와 가죽을 씌운 의자 아홉 개를 볼 수 있다. 옛날에 흔히 약국에 있던 것과 같은 모양이다.

아마 당신은 사무실에 그런 것을 왜 설치했는지 의아하게 여길 것이다. 하지만 그 가죽 의자들이 말을 할 수 있다면, 내가 희망을 잃고 완전히 포기했던 그날의 일을 들려줄 것이다.

제2차 세계대전이 끝난 직후 불경기라 일자리를 구하기 무척 힘들었다. 내 남편 카우보이 밥은 돈을 빌려 작은 드라이클리닝 사업체를 인수했다. 우리에게는 귀여운 두 아이와 연립주택 한 채, 자동차 한 대, 그리고 다달이 내야 하는 할부금이 있었다. 그런데 밥이 하던 사업이 실패했다. 우리는 다른 건 둘째 치고 집세 낼 돈마저 없었다.

나는 특별한 재능도 없었고, 기술을 배운 적도 없었으며, 대학 졸업장도 없었다. 나 자신에 대해 별로 진지하게 생각하지 않고 살았다. 그런데 문득 오래전 내게 작은 능력이 있음을 일깨워준 어떤 사람이 생각났다.

그분은 바로 내가 다닌 앨햄브라 고등학교의 영어 선생님이었다. 선생님은 내가 언론반에 들어가도록 독려했고, 나를 학교 신문의 광고부 매니저와 피처 에디터로 임명했다. 그러면서 내게 말했다.

"넌 이 일을 하기에 충분한 재능을 갖고 있다. 자신감을 가져도 돼."

그 일이 기억난 나는 문득 이런 생각이 들었다.

'만일 우리 지역에서 발간하는 주간 신문에 '쇼핑객을 위한 광고란'을 쓴다면 집세 정도는 벌 수 있을지도 몰라.'

하지만 나는 차도 없었고, 아이를 봐줄 사람도 없었다. 그래서 다 낡은 유모차에 아이를 둘이나 태우고 집을 나섰다. 아이들 등받이엔 큰 베개를 받쳤다. 걸핏하면 유모차 바퀴가 빠졌는데 그럴 때마다 신발 굽으로 툭툭 쳐 도로 집어넣었다. 나는 아이들을 집 없는 아이들로 만들진 않겠다고 굳게 결심했다. 내가 어렸을 때 종종 그랬던 것처럼 말이다.

그렇게 신문사에 도착했지만, 일자리는 없었다. 어디나 불경기였던 것이다. 그래서 나는 한 가지 아이디어를 떠올렸다. 내가 신문의 광고란을 도매가로 산 다음, 광고주들에게 소매가로 팔면 어떻겠냐고 제안했다.

신문사에서는 그 자리에서 내 제안을 받아들였다. 훗날 들은 이야기에 따르면, 그들은 마음속으로 내가 일주일도 못 가서 구닥다리 유모차를 끌고 힘들게 시골길을 오가는 일을 포기할 거라 생각했다. 그러나 그들의 예상은 틀렸다.

아이디어는 적중했다. 나는 집세를 내고, 카우보이 밥이 골라 준 중고차도 한 대 살 수 있을 정도로 돈을 벌었다. 그리고 오후 3시에서 5시까지 아이들을 돌봐줄 사람으로 고등학생을 한 명 구했다. 시계가 3시를 알리면 나는 신문 견본을 움켜쥐고 약속 장소로 부리나케 달려가곤 했다.

그러던 어느 비 오는 날 오후, 신문을 펼쳐 든 나는 내가 계약해놓은 광고들이 하나도 실려 있지 않았음을 발견했다. 광고주들이 일방적으로 해약을 한 것이다.

이유를 묻자 그들이 말해주었다. 시의 상공회의소 회장이며 렉솔 약국 주인 루벤 알만이 나와 광고를 하지 않기로 했기 때문이라는 것이었다. 알만의 약국은 이 도시에서 가장 유명했다. 그러니 다른 사업자들도 그의 판단을 중요하게 여길 수밖에 없었다.

광고주들은 말했다.

"당신 광고에 무언가 문제가 있는 것이 틀림없습니다."

나는 가슴이 철렁 내려앉았다. 네 페이지의 광고에 우리 집 집세가 달려 있었다.

나는 생각했다.

'한 번 더 알만 씨를 만나 얘기해봐야지. 모두가 알만 씨를 좋아하고 존경하니까 틀림없이 내 부탁을 들어줄 거야.'

전에도 여러 번 대화를 시도했지만 그는 나를 만나주지 않았다. 전화를 걸 때마다 항상 외출했거나 전화를 받을 수 없는 상태였다. 만일 그가 나와 광고를 한다면, 도시의 다른 상인들도 따라서 광고를 싣게 되리라는 건 분명했다.

나는 전화를 걸지 않고 직접 렉솔 약국으로 찾아갔다. 내가 약국 안으로 들어갔을 때 알만 씨는 뒤쪽 조제실에서 무언가 하고 있었다. 나는 최대한 멋진 미소를 지으며 아이들의 초록색 크레

용으로 표시한 소중한 광고란을 펼쳐 들었다.

나는 알만 씨에게 말했다.

"알만 회장님, 모두가 회장님의 의견을 존중합니다. 다른 상인들에게 회장님의 의견을 말해줄 수 있도록 잠시 제가 하는 일에 대해 들어주시겠어요?"

그 순간 그의 입술 양 끝이 아래로 일그러졌다. 그는 한마디 말도 없이 강하게 고개를 저으며 매우 부정적인 몸짓으로 거부 의사를 밝혔다. 내 상처 입은 가슴이 또다시 철렁 하고 밑바닥으로 내려앉았다. 그 소리가 얼마나 컸던지 모두가 그 소리를 들었으리라 생각될 정도였다.

갑자기 모든 의지가 빠져나갔다. 나는 가까스로 약국에 있는 오래된 소다수 판매대 쪽으로 걸어갔다. 도저히 집까지 운전하고 갈 힘이 없었다. 뭘 마시고 싶은 생각조차 없었다. 하지만 소다수 판대매 앞에 그냥 앉아 있을 순 없어서, 내가 가진 마지막 10센트를 꺼내 체리 콜라를 주문했다.

이제 어떻게 해야 할지 절망적인 생각이 밀려왔다. 내가 어렸을 때 매번 그랬던 것처럼 내 아이들도 이제 집 없이 살아야 하는 걸까? 언론반 선생님의 판단이 틀린 걸까? 어쩌면 그 선생님이 생각한 나의 재능은 단순한 착각이었는지도 모른다. 눈에서 눈물이 주르륵 흘러내렸다.

그때였다. 부드러운 목소리가 내가 앉아 있는 의자 옆에서 말을 건넸다.

"무슨 일이라도 있나요?"

나는 고개를 들었다. 사랑스런 은발의 한 노부인이 동정심 가득한 얼굴로 나를 쳐다보고 있었다. 나는 눈물을 흘리면서 내 사정을 털어놓았다. 그런 다음 맨 마지막으로 이렇게 말했다.

"하지만 모두가 존경하는 알만 씨는 내가 하는 일에 대해 듣고 싶어 하지도 않는걸요."

그러자 노부인이 말했다.

"어디 나한테 그 광고란을 좀 보여줘 봐요."

노부인은 내가 표시한 광고란이 실린 신문을 손에 들고 세심하게 읽어 내려가기 시작했다. 다 읽고 난 그녀는 의자에서 일어나 약국 조제실을 향해 돌아서더니 길 저편에서도 들릴 만큼 큰 소리로 명령하듯이 말했다.

"루벤 알만! 당신 이리 좀 와요!"

그녀는 바로 알만 씨의 부인이었다.

알만 씨가 다가오자 노부인은 당장 광고를 다시 실으라고 말했다. 그러자 알만 씨는 아까와는 반대 방향으로 입꼬리를 올리며 크게 미소 지었다.

그다음에 노부인은 나를 실망시킨 상인 네 명의 이름을 물었다. 그녀는 전화기로 가서 그 사람들에게 전화를 걸었다. 그러고는 나를 껴안아주면서 그들이 기다리고 있으니 빨리 가서 다시 광고 계약을 맺으라고 말했다.

알만씨와 비비안 알만 부인은 그후 우리 가족의 가까운 친구가 되었을 뿐만 아니라 꾸준한 고객이 되어주었다. 나중에 안 사실이지만 알만씨는 누구의 부탁도 거절하지 못하는 사람이었다. 그래서 참다 못한 부인이 더 이상 어떤 광고 계약도 하지 말라고 다짐을 받아냈던 것이다. 알만 씨가 그날 나를 냉정하게 대한 이유는 다만 아내 비비안과 한 약속을 지키기 위해서였다.

만일 내가 그런 사실을 미리 알았더라면 나는 애초에 비비안과 대화를 시도했을 것이다. 소다수 판매대 앞에서의 만남은 내 인생의 큰 전환점이 되었다. 나의 광고 사업은 날로 번창해서 그 후 네 개의 사무실과 285명의 직원, 그리고 4천 개가 넘는 광고주를 확보했다.

훗날 알만 씨가 옛날식 약국을 현대식으로 바꾸며 소다수 판매대가 필요 없다고 하자, 남편이 그것을 사다가 내 사무실 한쪽에 멋지게 설치해주었다.

만일 당신이 이곳 캘리포니아에 온다면 나와 함께 그 소다수 판매대 의자에 앉아서 얘기를 나눌 수 있을 것이다. 나는 당신에게 체리 콜라를 대접하면서 결코 포기하지 말 것을, 그리고 도움의 손길은 언제나 우리가 알고 있는 것보다 가까운 곳에 있다는 걸 말해줄 것이다.

나는 또 말할 것이다. 당신이 만일 중요한 인물과 대화할 수 없다면 더 많은 정보를 찾으라고. 그래서 다른 길을 찾아보라고. 당신을 위해 대신 대화를 해줄 제삼자를 찾으라고.

그런 다음 마지막으로 나는 당신에게 메리어트 호텔의 빌 메리어트 회장이 했던 멋진 말을 들려줄 것이다.

실패라고? 난 그런 걸 만난 적이 없다.

난 다만 잠깐 멈췄던 것일 뿐이다.

도티 월터스

창조적인 삶을 살기 위해
내가 기다려온 것들

1. 영감
2. 주위 사람들의 허락
3. 누군가의 따뜻한 격려
4. 누군가 준비해준 커피
5. 내 차례
6. 길을 닦아줄 사람
7. 몇 가지 규칙
8. 나를 변화시켜줄 사람
9. 넓은 길
10. 설욕의 기회

11. 뛰어넘기 쉬운 낮은 장애물
12. 더 많은 시간
13. 중요한 인간관계 개선하기, 관계의 마무리, 새로운 관계의 시작
14. 내가 원하는 제대로 된 사람
15. 재난
16. 적당한 시기
17. 나를 대신해 희생할 사람
18. 자식들의 독립된 생활
19. 평화로운 분위기의 정착
20. 서로 간의 동의
21. 더 나은 시기가 왔다는 판단
22. 점성학적으로 더 좋은 시점
23. 젊음의 회복
24. 사전 예측
25. 사회를 개혁할 수 있는 위치
26. 훌륭한 전직 대통령이 다시 대통령에 당선되기
27. 내 자유대로 행동할 수 있는 나이
28. 내일
29. 행운의 카드

30. 종합 건강검진 결과

31. 좋은 친구들과의 만남

32. 더 튼튼한 방어벽

33. 다음 학기

34. 졸업 후

35. 소파를 갉아먹는 고양이의 버릇을 고치고 난 뒤

36. 위험 부담이 사라진 뒤

37. 옆집에서 짖어대는 개가 동네를 떠나기만 하면

38. 삼촌이 군대를 마치고 집에 돌아올 때

39. 나를 발견하고 내 재능을 인정해줄 사람

40. 더 적절한 대비책

41. 투자비의 하향 조정

42. 여러 쓸모없는 법 조항들의 철폐

43. 부모님이 돌아가시면(농담!)

44. 에이즈의 완전한 퇴치

45. 내가 이해할 수 없거나 인정할 수 없는 일들이 모두 사라졌을 때

46. 전쟁의 완전한 종식

47. 옛 사랑과의 재회

48. 내 곁에서 나를 지켜봐줄 사람

49. 분명한 지시 사항

50. 더 효과적인 신아 재헌 방법

51. 남녀평등 헌법 수정안의 통과

52. 가난, 불평등, 폭력, 사기, 무능력, 전염병, 범죄, 모욕적인 발언 등이 완전히 사라질 때

53. 경쟁 상대의 특허권 취소

54. 어릴 적 애인이 돌아오기를

55. 부하 직원이 더 많은 경력을 쌓게 되었을 때

56. 더욱 성장한 내 자아

57. 기회가 무르익었다는 판단이 섰을 때

58. 새 신용카드

59. 피아노 조율사

60. 이 미팅이 끝나길

61. 외상매출금 정리

62. 실업 수당으로 받은 수표를 현금으로 바꾸기

63. 봄

64. 세탁소에서 찾은 양복

65. 자신감 회복

66. 하늘로부터의 계시

67. 이혼한 아내와 자식들의 생활비를 더 이상 보내줄 필요가

없게 될 때

68. 실패로 끝난 내 첫 번째 노력에 담긴 반짝이는 천재성을 누군가 인정해주고, 박수를 쳐주고, 내가 안심하고 두 번째 시도를 할 수 있도록 든든히 보상을 해줄 때
69. 허리 통증과 위 아픈 곳이 사라질 때
70. 은행에서의 빠른 일처리
71. 바람이 선선해졌을 때
72. 내 아이들이 더 철들고, 부모 말에 복종하고, 스스로 제 할 일을 하게 될 때
73. 다음 계절
74. 용기를 불어넣어줄 사람
75. 논리적으로 합당하다는 판단
76. 다음 기회
77. 햇빛을 가리고 서 있는 사람이 비켜줄 때
78. 내 배가 항구에 들어올 때
79. 더 마음에 드는 냄새 제거제
80. 학위 논문을 끝낸 뒤
81. 잘 써지는 펜
82. 외상값 지불
83. 가출한 아내의 귀가

84. 의사의 허락

85. 아버지의 승낙

86. 목사님의 축복

87. 법률 상담가의 오케이 싸인

88. 아침

89. 혼란스런 시기의 마감

90. 능숙한 장부 관리 기술

91. 담배를 피우고 싶은 충동이 완전히 사라졌을 때

92. 가격의 상승

93. 가격의 하락

94. 가격의 안정

95. 할아버지의 부동산 정리

96. 아들의 학교 졸업, 아들의 결혼, 아들의 첫 아이 출산

97. 어떤 암시

98. 당신이 먼저 시작할 때

창조적인 삶을 위해 나는 이 모든 것들을 기다렸다. 그리고 나도 모르게 어느새 기회를 다 놓치고 늙어버리고 말았다.

데이비드 캠벨

누구나 무엇인가를 할 수 있다

평범한 사람과 전사의 근본적인 차이는, 전사는 자기에게 일어나는 모든 일을 하나의 도전으로 받아들이지만, 평범한 사람은 모든 것을 축복이나 비극으로 받아들인다는 것이다.

돈 후안(야키 족 인디언 스승)

로저 크로퍼드는 테니스를 치는 데 필요한 모든 조건을 갖추고 있었다. 두 손과 한쪽 다리를 제외하고는.

로저가 태어났을 때 부모는 뭔가 이상하다는 사실을 알아차렸다. 아이는 오른쪽 손목 끝에 곧바로 엄지손가락 같은 것이 튀어나와 있었으며, 왼쪽 손목 끝에도 엄지손가락과 또 하나의 손가락이 딱 붙은 채로 솟아나와 있었다.

아이는 손바닥이 없었던 것이다.

게다가 팔과 다리가 유난히 짧고, 안쪽으로 휘어진 오른발에는 발가락이 세 개뿐이었다. 왼쪽 다리는 심하게 가늘었다. 왼쪽 다리는 나중에 절단 수술 후 의족을 달았다.

의사는 로저가 선천성 손발가락 결손증이라는 희귀병에 걸렸다고 말했다. 미국에서 태어나는 어린이 9만 명 중에서 한 명꼴이었다. 의사는 로저가 제대로 걸을 수조차 없거나 혼자 힘으로 살아갈 수 없을 거라고 진단을 내렸다.

다행히 로저의 부모는 의사의 말을 믿지 않았다.

"부모님은 언제나 가르쳤지요. 난 내가 생각하는 만큼만 몸이 불편할 뿐이라고 말입니다."

로저는 말한다.

"두 분은 내가 스스로를 비관하도록 내버려두지 않으셨습니다. 또한 내가 몸이 불편하다는 이유로 다른 사람에게 의지하는 것도 용납하지 않으셨지요. 한번은 내가 학교 숙제를 매번 늦게 내서 문제가 생겼습니다."

로저는 손바닥이 없었기 때문에 두 손목으로 연필을 잡고 천천히 글씨를 쓸 수밖에 없었다.

"난 다른 학생들보다 이틀 정도만 숙제 제출 기간을 더 늘려주었으면 했습니다. 그래서 선생님께 부탁해달라고 아버지께 말했습니다. 그러자 아버지는 오히려 선생님께 부탁드려 내가 다른 아이들보다 이틀 먼저 숙제를 시작할 수 있게 하셨지요."

아버지는 로저에게 항상 운동을 하도록 격려했다. 로저에게 배구공을 받고 던지는 법을 가르쳤으며, 수업을 마치면 동네에서 미식축구를 시켰다. 그 결과 로저는 열두 살 때 학교 미식축구 팀 선수가 되었다.

경기가 시작될 때마다 로저는 자기가 터치다운(미식축구에서 자기편에게 공을 받아 상대 진영 골라인을 지나 엔드존에 가져다놓는 것)을 해서 점수를 올리는 장면을 상상하곤 했다.

그러던 어느 날 로저는 기회를 잡았다. 공이 자기의 두 팔 안으로 날아오자, 로저는 의족을 움직이며 있는 힘껏 골라인을 향해 달려갔다. 감독과 같은 팀 선수들은 열광적으로 환호성을 질렀다. 그러나 10야드 라인을 앞두고 상대편 선수가 달려들어 로저의 왼쪽 발목을 붙잡았다. 로저는 빠져나오기 위해 힘껏 의족을 잡아당겼지만, 의족이 그만 다리에서 빠져나가고 말았다.

"난 여전히 넘어지지 않고 서 있었지요."

로저는 그때를 회상하며 말한다.

"난 어찌할 바를 몰랐기 때문에 그냥 한쪽 다리로 뜀뛰기를 해서 골라인을 향해 달려갔습니다. 주심이 달려와서 하늘 높이 팔을 치켜들며 터치다운을 선언했지요. 내가 올린 6점이라는 점수보다 더 보기 좋았던 것은 내 의족을 들고 황당해하며 서 있는 상대방 선수의 얼굴 표정이었습니다."

로저는 스포츠에 대한 열의가 날이 갈수록 깊어졌으며, 자신감도 따라서 커졌다. 그러나 의지력만으로 모든 장애물을 쉽게 물리칠 수가 없었다. 특히 점심시간에 음식과 씨름하면서 밥을 먹는 모습을 다른 학생들에게 보이는 건 로저에게 큰 고통이었다. 타자 수업 시간에 연거푸 실수를 할 때도 마찬가지였다.

로저는 말한다.

"난 타자 수업을 통해 매우 중요한 교훈을 배웠습니다. 우리는 모든 일을 다 할 수는 없습니다. 따라서 할 수 없는 일보다 할 수 있는 일에 정열을 쏟는 것이 더 중요하다는 사실을 난 배웠던 겁니다."

로저가 할 수 있었던 한 가지 일은 테니스 라켓을 휘두르는 것이었다. 그러나 손가락으로 움켜쥐는 힘이 약한 탓에 라켓을 힘껏 휘두르면 그만 라켓이 공중으로 날아가곤 했다. 그런데 운 좋게도 어느 날 로저는 운동기구 상점에서 이상하게 생긴 테니스 라켓을 우연히 발견했다. 두 겹으로 된 손잡이 사이에 손가락을 끼워 넣을 수 있는 라켓이었다.

라켓은 로저의 손에 딱 맞고 편안해서 스윙과 서브와 발리를 일반 선수처럼 할 수 있게 되었다. 로저는 하루도 빠짐없이 연습했다. 그 결과 얼마 지나지 않아 경기에 출전했다. 그리고 경기에서 지기 시작했다.

그러나 로저는 포기하지 않았다. 연습에 연습을 거듭하고, 경기에 경기를 거듭했다. 왼쪽 손의 두 손가락을 수술해 특수 라켓을 더 잘 움켜쥘 수 있게 되었고, 경기 결과도 많이 좋아졌다. 비록 그에게 모델이 되어줄 만한 인물은 없었지만 로저는 테니스에 열중했다. 그리고 오래지 않아 이기기 시작했다.

로저는 대학 테니스 팀에서 활약해 22승 11패를 기록했다. 훗날 장애인으로는 최초로 미국프로테니스협회에서 주는 테니스 교습 자격증을 수여받았다.

그는 현재 미국 전역을 여행하면서 강연을 한다. 강연은 어떤 불리한 환경에 처해 있든 장애를 이겨내는 길에 대한 내용이다.

로저는 말한다.

"당신과 나의 유일한 차이는 당신은 나의 장애를 볼 수 있지만 난 당신의 장애를 볼 수 없다는 것입니다. 단지 그뿐입니다. 우리 모두는 신체적이든 정신적이든 어느 정도의 장애를 갖고 있습니다. 사람들이 내게 어떻게 신체 장애를 극복할 수 있었느냐고 물으면 나는 대답합니다. 난 아무것도 극복하지 않았다고.

난 다만 내가 할 수 없는 일이 무엇인가를 배웠을 뿐입니다.

예를 들어 피아노를 친다거나 젓가락으로 밥을 먹는 일을 난 할 수 없습니다. 그러나 난 내가 할 수 있는 일이 무엇인가를 배웠습니다. 그것이 더 중요합니다. 그리고 난 내가 할 수 있는 일에 내 온 마음과 영혼을 바쳤을 뿐입니다."

잭 캔필드

두 번의 위기

경험이란 인간에게 어떤 일이 일어나는가를 의미하는 게 아니다. 경험이란, 인간이 자신에게 일어나는 일을 갖고 무엇을 했는가를 의미한다.

올더스 헉슬리

만일 당신이 마흔여섯 살에 오토바이 사고로 얼굴을 알아보기 힘들 정도로 화상을 입었으며, 다시 4년 뒤에 비행기 추락사고로 하반신이 마비되었다면 어떻게 하겠는가? 그런데도 당신은 백만장자가 되고, 유명한 연설가가 되고, 게다가 행복한 신혼생활을 보내고, 성공적인 사업가가 될 수 있겠는가? 그런 몸으로 급류 뗏목타기를 하러 갈 수 있겠는가? 스카이다이빙은? 정치 사무실 운영은?

미첼은 이 모든 일뿐 아니라 그 이상의 일까지 해낸 사람이다. 그는 두 차례의 사고로 누더기를 깁듯이 얼굴에 피부이식 수술을 받았으며, 손가락은 없어졌고, 다리는 휠체어에 묶인 채 가늘어져서 움직이지도 못하게 되었다.

오토바이 사고로 몸의 65퍼센트 이상 화상을 입어 포크도 사용할 수 없고, 전화기의 다이얼도 돌릴 수 없으며, 다른 사람의 도움 없이는 화장실도 갈 수 없게 되었다. 그러나 해병대원이던 미첼은 자신은 결코 어떤 상황에도 굴복하지 않는다고 믿었다.

미첼은 말한다.

"나는 내가 조종하는 우주선 선장이다. 우주선이 올라가도 내가 올라가는 것이고, 내려가도 내가 내려가는 것이다. 나는 이런 상황을 좌절로 볼 수도 있고, 전환점으로 볼 수도 있다."

여섯 달 뒤 미첼은 다시 경비행기를 타기 시작했다. 미첼은 콜로라도에 빅토리아풍의 집과 약간의 토지, 경비행기 한 대와 스탠드바를 구입했다. 훗날 두 친구와 합작해 나무를 이용하는 난로 회사를 차려 버몬트에서 두 번째로 큰 회사로 키웠다.

오토바이 사고를 당한 지 4년 후, 미첼이 조종하던 경비행기가 이륙 도중에 추락했다. 이 사고로 갈비뼈 열두 개가 부러졌고, 하반신이 영구 마비되었다.

"도대체 나한테 왜 자꾸만 이런 일이 일어나는지 이해가 가지 않았다. 내가 어떤 악업을 쌓았기에 이런 일을 당하는지 알 수 없었다."

슬픔에 잠겨 있는 대신, 미첼은 가능한 한 독립적인 인간이 되기 위해 밤낮으로 노력했다. 그는 콜로라도 주의 크레스티드 뷰트 시장으로 뽑혔다. 지역의 아름다움과 환경을 파괴하려는 광산업자들로부터 도시를 구하기 위해서였다.

그후 미첼은 미 의회 진출을 시도했다. 이때 자신의 기이한 외모를 이용해 다음과 같은 선거 슬로건을 만들었다.

"예쁘장한 얼굴 또 뽑아봐야 아무 소용없다!"

처음 만나는 사람에게 충격을 주는 얼굴과 신체 조건을 가진 미첼은 급류 뗏목타기를 시작했고, 한 여자와 사랑에 빠져 결혼을 했고, 행정학과에서 학위를 땄으며, 경비행기 조종과 환경보호 운동과 대중 연설을 계속해나갔다.

이런 긍정적인 삶의 자세 덕분에 미첼은 〈투데이 쇼〉와 〈굿모닝 아메리카〉에 출연했으며 〈뉴욕 타임스〉, 〈타임〉, 〈퍼레이드〉도 그의 이야기를 특집기사로 다뤘다.

"하반신이 마비되기 전에 내가 할 수 있었던 일은 1만 가지였다."

미첼은 말한다.

"그러나 이제는 내가 할 수 있는 일이 9천 가지가 있다. 나는 내가 잃어버린 1천 가지 일 때문에 후회하며 살 수도 있고, 아니면 아직도 내게 가능한 9천 가지 일을 하면서 살 수도 있다. 선택은 내게 달려 있다.

나는 사람들에게 내 인생에서 큰 바윗돌을 두 번 만났다고 말한다. 이걸 핑계로 모든 걸 포기할 수도 있지만, 오히려 그 경험을 바탕으로 새로운 지평으로 나아갈 수도 있다. 당신은 높은 데 올라가 더 멀리 바라보면서 '결국 지나보니 별것 아니군' 하고 말할 수도 있다."

잊지 마라. 중요한 것은 당신에게 무슨 일이 일어나는지가 아니라, 당신이 그것을 갖고 무엇을 하는지이다.

잭 캔필드 · 마크 빅터 한센

고통받는 사람들을 위한 시

우리는 강한 종족이다. 그렇지 않았다면 우리는 오늘날 이 지구에서 살아남지 못했을 것이다. 그렇다. 우린 강한 종족이다. 여러 면에서 우리는 모두에게 주어지지 않은 많은 것들을 가졌고 축복받았다.

뉴욕 이스트 34번가 400번지의 이스트 강 건너편에 있는 신체 재활센터 벽에는 청동으로 된 명판 하나가 걸려 있다.

물리치료를 위해 일주일에 두세 번씩 휠체어를 타고 몇 달 동안 그곳을 드나들면서도, 나는 한 번도 명판에 적힌 글을 읽지 않았다. 어느 무명의 병사가 쓴 글이라고 했다.

어느 날 오후 나는 마침내 휠체어를 돌려 세우고 그 글을 읽었다. 다 읽고 나서 또 한 번 읽었다. 두 번째로 읽기를 마쳤을 때 눈물이 쏟아졌나. 그것은 절망의 눈물이 아니라, 나로 하여금 휠체어의 팔걸이를 꽉 움켜잡게 만드는 삶의 희망과 용기의 눈물이었다. 나는 그 글을 당신에게 들려주고 싶다.

고통받는 사람들을 위한 시

나는 신에게 나를 강하게 만들어달라고 부탁했다.
모든 일에 성공할 수 있도록.
그러나 신은 나를 약하게 만들었다. 겸허함을 배우도록.

나는 건강을 부탁했다. 많은 일을 할 수 있도록.
그러나 나는 허약함을 선물받았다. 더 가치 있는 일을 할 수 있도록.

나는 부유함을 원했다. 행복할 수 있도록.
그러나 나는 가난함을 받았다. 지혜를 가질 수 있도록.

나는 힘을 달라고 부탁했다. 사람들의 찬사를 받을 수 있도록.
그러나 나는 열등함을 선물받았다. 신의 필요성을 느끼도록.

나는 모든 것을 갖게 해달라고 부탁했다. 삶을 누릴 수 있도록.

그러나 나는 삶을 선물받았다. 모든 것을 누릴 수 있도록.

나는 내가 부탁한 것들을 하나도 받지 못했지만

나에게 필요한 모든 것을 선물받았다.

나는 하찮은 존재임에도 불구하고, 신은 내 무언의 기도를 다 들어주셨다.

나는 모든 사람 가운데

가장 축복받은 자이다!

로이 캄파넬라

달려라 패티, 달려

패티 윌슨은 어렸을 때 간질이라는 진단을 받았다. 패티의 아버지 짐 윌슨은 아침마다 조깅을 했다. 하루는 치아 교정을 하느라 보철 장치를 한 패티가 미소를 지으며 아버지에게 말했다.

"아빠, 나도 날마다 아빠와 함께 달리기를 하고 싶어요. 하지만 달리기하다가 발작이 일어날까 봐 겁이 나요."

아버지가 말했다.

"발작이 일어나더라도 내가 조치를 취할 수 있으니 걱정하지 말고 달리기를 시작하자."

그래서 두 사람은 날마다 달리기를 했다. 그들에게 그것은 잊지 못할 아름다운 경험이었다. 달리기 도중 패티가 발작을 일으

킨 적은 한 번도 없었다. 몇 주일이 지나서 패티가 아버지에게 말했다.

"아빠, 내가 정말로 하고 싶은 일은 여자 오래달리기 세계 신기록을 세우는 일이에요."

패티의 아버지는 기네스북을 통해 현재 오래달리기 세계 신기록이 128킬로미터라는 사실을 확인했다. 당시 고등학교 1학년이던 패티는 선언했다.

"난 오렌지카운티에서 샌프란시스코까지 달리기를 할 거야."(약 6백 40킬로미터)

그녀는 또 말했다.

"2학년이 되면 오리건 주의 포틀랜드까지 달리겠어."(2천 4백 킬로미터가 넘는 거리)

패티는 그것으로 만족하지 않았다.

"그다음엔 세인트루이스까지 달리기를 할 거야."(약 3천 2백 킬로미터)

패티의 꿈은 더 커졌다.

"그리고 졸업반이 되면 백악관까지 달리겠어."(4천 8백 킬로미터가 훨씬 넘는 거리)

신체적 핸디캡을 생각할 때 패티는 열정도 컸고, 욕심도 많았다. 하지만 그녀는 간질병이라는 장애를 단순히 '불편한 것'으로

만 여겼다. 패티는 자신에게 없는 것이 아니라 자신에게 남아 있는 것에 관심을 가졌다.

그해에 패티는 '난 간질병이 좋아!'라는 문구가 적힌 티셔츠를 입고 샌프란시스코까지 마라톤을 했다. 아버지가 패티 옆에서 나란히 달렸으며, 응급 상황에 대비해 어머니와 간호사가 자동차를 타고 뒤따랐다.

2학년 때는 패티의 같은 반 친구들이 뒤따랐다. 친구들은 '달려라, 패티, 달려!'라고 적힌 큰 포스터를 들고 따라왔다(이 문구는 그 후 패티의 슬로건이자, 그녀가 쓴 책의 제목이 되었다).

포틀랜드로 향하는 이 두 번째 마라톤에서 패티는 한쪽 발목뼈가 부러지는 부상을 입었다. 의사는 그녀에게 달리기를 그만하라고 했다. 의사는 말했다.

"뼈에 치명적인 손상이 가지 않도록 발목에 깁스를 해야 한다."

패티가 말했다.

"선생님은 이해 못 하실 거예요. 이 달리기는 충동적인 결정이 아니에요. 전 이 일에 인생을 걸었어요. 이건 나 자신만을 위한 게 아니라 많은 사람의 생각을 가두고 있는 머릿속 사슬을 끊어버리기 위한 일이에요. 제가 달리기를 계속할 수 있는 다른 방법이 없을까요?"

의사는 패티에게 다른 방법을 제안했다. 깁스를 하는 대신 발목을 탄력 밴드로 단단히 감는 것이었다. 그러나 이 방법은 참을 수 없을 정도로 큰 고통을 안겨줄 거라고 경고했다. 또한 발목이 부풀어 오를 수도 있다고 말했다.

패티는 의사에게 탄력 밴드를 감아달라고 했다.

패티는 마침내 포틀랜드까지 달리는 데 성공했다. 마지막 구간은 오리곤 주지사가 함께 달렸다. 신문에는 다음과 같은 머리기사가 실렸다.

'슈퍼 달리기 선수 패티 윌슨, 열일곱 번째 생일에 간질병 환자를 위한 마라톤 완주!'

이듬해 넉 달 동안 미국 서부 해안에서 동부 해안으로 쉬지 않고 달린 패티는 워싱턴에 도착해서 대통령과 악수를 나눴다. 그녀는 대통령에게 말했다.

"저의 희망은 사람들에게 간질병 환자들도 정상적인 삶을 누리는 정상적인 인간이라는 사실을 알리는 거예요."

나는 얼마 전 어떤 세미나에서 패티의 이야기를 참석자에게 들려준 적이 있다. 세미나가 끝난 뒤 한 남자가 눈물을 글썽이며 내게 다가왔다. 그는 큼지막한 손을 내밀어 악수를 청하며 말했다.

"마크 씨, 나는 짐 윌슨이오. 당신이 내 딸 패티 이야기를 하더군요."

그가 전해준 이야기에 따르면, 패티의 고귀한 노력의 결과 간질병 환자 센터 건립을 위해 미국 전역에서 1천 9백만 달러의 기금이 모였다. 패티가 그토록 연약한 몸으로 그토록 큰일을 해냈는데, 완벽한 신체를 가진 당신이 무슨 일인들 못 하겠는가?

마크 빅터 한센

매일 조금씩

작은 시골 학교가 있었다.

겨울철이면 그 학교는

항아리처럼 배가 불룩한 구식 석탄 난로에 불을 지펴

난방을 해결했다.

날마다 한 소년이 맨 먼저 등교해서

교사와 다른 학생들이 오기 전에 난로를 지펴

교실을 따뜻하게 만들었다.

어느 날 아침,

교사와 학생들이 등교해서 보니

학교가 불길에 휩싸여 있었다.
불타는 교실 안에는
그 소년이 정신을 잃고 쓰러져 있었다.
사람들은 서둘러 소년을 밖으로 끌어냈다.

소년은 살아날 가능성이 거의 없어 보였다.
하체에 끔찍한 화상을 입어
형체를 알아보기 힘들 정도였다.
사람들은 곧바로 소년을 근처의 시립 병원으로 옮겼다.

심한 화상을 입은 채 희미한 의식으로 병원 침대에 누워 있던 소년은
의사가 엄마에게 하는 말을 들었다.
의사는 말했다.
불길이 소년의 하반신을 온통 망가뜨렸기 때문에
살아날 가능성이 거의 없으며,
어쩌면 이 상태에선 그것이 최선의 선택일지도 모른다고.

소년은 죽고 싶지 않았다.
꼭 살아나겠다고 소년은 굳게 마음을 먹었다.

소년은 죽지 않고 살아났다.

위험한 고비를 겨우 넘겼을 때
소년은 또다시 의사가 엄마에게 하는 얘기를 들었다.
의사는 말했다.
하반신의 신경과 근육이 화상으로 다 파괴되었기 때문에
소년을 위해선 차라리 죽는 편이 더 나을 뻔했다고.
이제 하체를 전혀 쓸 수 없으니
평생을 휠체어에서 지내야만 한다고.

소년은 다시금 마음을 굳게 먹었다.
언젠가는 다시 정상적으로 걸으리라고.
하지만 불행히도 허리 아래쪽으로
운동 신경이 하나도 살아 있지 않았다.
가느다란 두 다리가
힘없이 매달려 있을 뿐이었다.

마침내 소년은 퇴원을 했다.
엄마는 매일 소년의 다리를 주물렀다.
아무 느낌, 아무 감각, 아무 반응이 없었다.

하지만 다시 걷고야 말겠다는 소년의 의지는 전보다 더 강해졌다.

소년은 침대에 누워 있지 않으면
좁은 휠체어에 갇혀 지내야만 했다.
어느 햇빛이 맑은 날 아침,
엄마는 신선한 공기를 마시게 해주려고
소년을 휠체어에 태워 앞마당으로 나갔다.
소년은 엄마가 집 안으로 들어간 틈을 타 휠체어에서 몸을 던져 마당 잔디밭에 엎드렸다.
그러고는 다리를 잡아끌면서 두 팔의 힘으로 잔디밭을 가로질러 기어가기 시작했다.

마당가에 세워진 흰색 담장까지 기어간 소년은
온 힘을 다해
담장의 말뚝을 붙들고 일어섰다.
그런 다음 말뚝에서 말뚝으로 담장을 따라
무감각한 다리를 옮기기 시작했다.
꼭 다시 걷겠다는 소년의 강한 의지를 꺾을 사람은
아무도 없었다.

소년은 날마다 그 일을 반복했다.

마침내는 담장 밑을 따라 잔디밭 위에 하얀 길이 생겨날 정도였다.

자신의 두 다리에 생명을 불어넣는 일만큼 중요한 것이
소년에게는 없었다.

날마다 하는 마사지와
소년의 강한 의지,
흔들림 없는 결심 덕분에
마침내 소년은 혼자 힘으로 일어설 수 있게 되었다.
그다음엔 더듬거리며 발을 옮겨놓을 수 있게 되었고,
그다음에는 혼자 힘으로 걸을 수 있게 되었으며,
그리고 그다음에는 달릴 수 있게 되었다.

소년은 다시 걸어서 학교를 다니기 시작했다.
그다음에는 달려서 학교를 다니기 시작했다.
소년은 달리기가 주는 순수한 기쁨 때문에
끝없이 달리고 또 달렸다.
훗날 대학생이 된 소년은 육상부에 들어갔다.

더 훗날,

한때는 살아날 가망성이 희박했으며

결코 걸을 수 없고

결코 뛰어다닐 희망이 없었던,

불굴의 의지를 가진 이 사람, 글렌 커닝엄 박사는

매디슨스퀘어가든에서 열린 1.6킬로미터 달리기 경기에서

세계신기록을 달성하며 결승선을 통과했다.

버트 더빈

긍정적인 생각의 힘

베트남전쟁이 일어나면서 미국의 대외 정책은 혼란에 빠졌다. 그 결과 전쟁에 참가한 사람들의 고통만 갈수록 커졌다. 하지만 이런 고통 속에서 제럴드 L. 커피 대위의 기적적인 이야기가 꽃피었다.

제럴드의 전투기는 1966년 2월 3일 중국해 상공에서 총격을 받고 추락했다. 다행히 목숨은 건졌지만 그 후 7년 동안 그는 포로 신세로 여러 수용소로 끌려 다녀야만 했다. 제럴드는 자신을 포함한 포로들이 살아남을 수 있었던 것은 운동과 기도, 그리고 서로 나눴던 끈질긴 대화의 힘 덕분이라고 말했다.

포로로 붙잡힌 뒤 제럴드는 며칠 동안 모진 고문에 시달렸다.

그리고 그 고문에 못 이겨 그들이 요구하는 대로 서명을 해주고 말았다.

그런 다음 홀로 감방에 내던져진 채 고통에 몸부림쳤다. 그들에게 협조했다는 죄책감이 그를 더욱 괴롭혔다. 이때까지도 그는 다른 감방에 미국인 포로가 갇혀 있다는 사실을 모르고 있었다.

그런데 어떤 목소리가 들려왔다.

"6번 감방에 갇힌 팔 부러진 사람, 내 말 들리는가?"

목소리의 주인공은 로빈슨 리스너 대령이었다. 그는 다시 말했다.

"말을 해도 안전하다. 하트브레이크(고통) 호텔에 온 걸 환영한다."

제럴드가 조심스럽게 물었다.

"혹시 제 조종사 밥 한센에 대해 무슨 소식이라도 들으셨나요?"

리스너 대령이 말했다.

"전혀 듣지 못했네, 대위. 그런데 자넨 벽을 두들겨서 대화하는 법을 배워야만 하네. 그것이 지금 우리에겐 가장 믿을 만한 통신법이지."

대령은 '우리'라고 말하고 있었다. 다른 사람들도 여기 갇혀 있다는 말이다. 제럴드는 생각했다.

'감사합니다, 하느님. 이제 전 다른 사람들 곁으로 돌아왔군요.'

리스너 대령이 물었다.

"저자들이 자네를 고문하던가, 대위?"

제럴드가 대답했다.

"네. 그들이 저를 통해 뭔가를 알아냈을까 봐 무척 걱정이 됩니다."

리스너 대령이 말했다.

"잘 듣게. 일단 저들은 한 인간을 무너뜨리려고 마음먹으면 얼마든지 할 수 있네. 중요한 건 어떻게 집으로 돌아갈 것인가야. 이곳의 계명을 따르게. 자네의 능력을 다해서 최대한 저항하게. 만일 저들이 자네를 무너뜨리려 하면 그냥 내맡기고 있지 말게. 입으로라도 자네의 상처를 핥고 다시 일어서는 거야. 알겠나? 할 수 있다면 다른 사람에게 말을 걸게. 혼자 처져 있으면 안 돼. 우리에게 가장 필요한 건, 서로가 서로를 돌봐주는 일이지."

제럴드는 사소한 규정 위반으로 여러 날씩 밧줄에 매달리는 고문을 당하곤 했다. 그럴 때마다 옆방에 갇힌 전우가 벽을 두드려 '강하게 매달려 있으라', '모두가 그를 위해 기도하고 있노라'고 전했다.

제럴드는 말한다.

"그 친구가 고문을 당할 때는 내가 똑같은 위로의 메시지를 벽을 통해 전했습니다."

마침내 제럴드는 아내로부터 편지 한 통을 받았다.

사랑하는 제럴드

아름다운 봄이 왔어요. 하지만 그럴수록 우리 모두는 당신이 그리워요. 아이들은 잘 해내고 있어요. 킴은 이제 호수 전체를 누비며 수상스키를 타요. 사내아이들은 수영도 하고, 물속으로 뛰어들기도 해요. 어린 제럴드는 튜브에 매달려 물장구를 쳐요.

제럴드는 눈물이 앞을 가려 더 이상 편지를 읽어내려갈 수가 없었다. 그는 아내의 편지를 접어 가슴에 품었다. 문득 이런 생각이 들었다.

'어린 제럴드라니? 어린 제럴드가 누구지?'

그제야 그는 깨달았다. 그가 포로로 붙잡히기 직전에 태어난 아들에게 아내는 제럴드라는 이름을 붙여주었던 것이다. 아내는 전에 보낸 편지가 제럴드에게 가지 않았다는 사실을 알 리 없었다. 그래서 당연하다는 듯이 새로 태어난 아들에 대해 말했던 것이다.

제럴드는 말한다.

"아내의 편지를 읽고 많은 감정이 교차했습니다. 가족이 잘 지내고 있음을 알고 안도감이 들었지만, 한편으론 막내아들이 자라는 모습을 지켜봐주지 못해 미안했고, 이렇게 살아 있는 것만으로도 감사하다는 생각이 들었습니다."

아내의 편지는 이렇게 끝맺었다.

> 우리 모두는, 그리고 다른 더 많은 사람들도, 당신이 하루 빨리 무사히 돌아오기를 기도하고 있어요. 몸조심하세요, 여보. 사랑해요.
>
> 베아트리스

수용소에 갇힌 포로들은 수많은 시간을 집으로 돌아가는 상상을 하며 보냈다.

눈을 감으면 영화를 찍듯이 카메라가 집 안을 세세하게 비추는 영상이 보였다. 그들은 카메라를 따라 자기 집 방에서 방으로 돌아다니곤 했다. 병사들은 집으로 돌아가면 어떤 기분일까를 수없이 상상했다.

제럴드는 동료와 자신이 가진 믿음 덕분에 끝끝내 버텨낼 수 있었다. 일요일이 되면 각 감방의 최고참이 벽을 두드려 신호를 보냈다. 일요 예배 시간을 알리는 것이었다. 두 발로 일어설 수 있는 사람은 모두 각자의 독방에서 일어나 함께 시편 23장을 암송했다.

'주께서 내 적의 눈앞에서 내게 식탁을 준비해주시고, 기름으로 내 머리에 바르셨으니, 내 잔이 넘치나이다.'

제럴드는 말한다.

"이 끔찍한 장소에 갇혀 있음에도 불구하고 내 잔이 넘치고 있음을 난 깨달았습니다. 왜냐하면 언제든, 어떤 방법으로든 내가 아름답고 자유로운 나라로 돌아가리라고 믿었기 때문입니다."

마침내 평화협정이 체결되고, 1973년 2월 3일 포로가 된 지 꼭 7년째 되는 날 제럴드는 두 명의 베트남 병사 앞으로 불려나갔다.

그들이 말했다.

"오늘 우리는 너의 소지품을 돌려주겠다."

제럴드가 물었다.

"무슨 소지품을 말하는가?"

그들이 말했다.

"여기 있다."

제럴드는 침을 삼키며 베트남 병사가 엄지손가락과 집게손가락 사이에 들고 있는 물건을 바라보았다. 그것은 자신의 결혼 반지였다.

그렇다, 틀림없는 그의 것이었다. 제럴드는 반지를 손가락에 껴보았다. 조금 헐렁해지긴 했지만, 의심할 바 없이 자신의 반지였다. 그 반지를 다시 보게 되리라고 전혀 기대하지 않았었다.

제럴드는 말한다.

"내가 이 반지를 빼앗겼을 때 내 아이들은 열두 살과 열세 살이었습니다. 난 갑자기 늙고 지친 내 모습을 발견했습니다. 7년 동안 나는 계속해서 중세의 지하 감옥에 갇혀 있었고 내 팔은 아무 쓸모가 없었습니다. 게다가 벌레들과 끊임없이 씨름을 해야 했습니다. 나머지는 신만이 아십니다. 이제 많이 자라고 변했을 아이들이 다시 돌아가는 나를 반길지, 우리의 재결합이 어떤 모습일지 걱정스러웠습니다. 난 아내 베아트리스 생각도 했습니다. 아내가 생각하기에 내가 아무 이상이 없는 존재일까? 아내가 아직도 날 사랑할까? 그녀가 이 긴 세월 동안 내게 얼마나 중요한 존재였는지 조금이라도 알기나 할까?"

버스를 타고 하노이 공항으로 가는 길은 안개로 흐려져 있었다. 하지만 제럴드에게 한 가지만은 선명하게 보였다. 햇빛에 반짝이며 첫 번째 석방 포로들을 싣고 가기 위해 기다리고 있는 거대한 C-141 수송기 꼬리에 그려진 성조기였다.

수송기 옆에 서 있는 수십 명의 미군 병사들이 미소를 지으며 엄지손가락을 치켜들어 보였다. 그들이 두 줄로 서자 베트남 병사가 각각의 이름, 계급, 소속을 말했다.

"제럴드 L. 커피, 미 해군 중령."

포로로 갇혀 있는 동안 그는 두 계급 승진을 했던 것이다.

제럴드는 앞으로 걸어가면서 빳빳하게 다린 파란색 공군 세복을 입은 미군 대령을 쳐다보았다. 여러 해 만에 처음으로 보는 미군 군복이었다.

제럴드는 대령에게 짧게 보고를 올렸다.

"중령 제럴드 L. 커피, 귀대를 보고합니다."

대령은 두 손을 내밀어 제럴드의 손을 잡으며 말했다.

"돌아온 걸 환영하네, 제럴드."

그들이 탑승하자마자 조종사는 잠시도 지체하지 않고 비행기를 활주로 끝으로 몰고 갔다. 마지막으로 엔진 점검이 끝난 뒤 마침내 비행기는 활주로를 향해 내달렸다. 비행기가 이륙하자 조종사의 목소리가 기내에 울려 퍼졌다. 강하고 확신에 찬 목소리였다.

"신사 여러분, 탑승을 축하합니다. 우리는 이제 막 북베트남을 떠났습니다."

그제야 포로들은 기쁨의 환성을 질렀다.

그들은 미국으로 돌아가기 전에 먼저 필리핀에 있는 클라크 공군 기지에 도착했다. 군중들이 깃발을 흔들며 그들을 환영했다. 이 시간 미국인 전체가 감격의 눈물을 흘리면서 텔레비전 생중계로 귀환을 지켜보고 있다는 사실을 그들은 알 턱이 없었다.

그들이 집으로 전화를 걸 수 있도록 특별 전화기가 설치되었다. 아내 베아트리스와 아이들이 기다리고 있는 플로리다의 샌퍼드로 전화를 걸기 위해 기다리는 몇 분 동안 제럴드는 자꾸만 입술이 탔다.

마침내 전화가 걸렸다.

"여보, 나야. 믿을 수 있겠어?"

아내가 대답했다.

"그럼요, 여보. 우리 모두 당신이 비행기에서 내리는 모습을 텔레비전으로 지켜봤어요. 미국인 전체가 당신을 봤을 거예요. 당신 정말 멋졌어요."

"난 잘 모르겠어. 난 많이 말랐어. 하지만 병이 든 건 아니오. 어서 빨리 집에 가고 싶군."

오랜 기다림 끝에 마침내 제럴드는 아내와 아이들과 재회의 기쁨을 누렸다. 그리고 일요일에 그는 가족을 데리고 미사에 참석했다. 교구 신부의 환영 인사를 들은 뒤 제럴드는 다음과 같은 연설을 했다. 나는 이 연설이 긍정주의자의 계명을 잘 간추렸다고 생각한다.

"그 세월 동안 내 생존의 열쇠는 믿음이었습니다. 최선을 다해 의무를 마치고 언젠가는 영광스럽게 집으로 돌아간다는 믿음,

나 자신에 대한 믿음이었습니다. 여기 계신 여러분 모두를 포함해 내 동료들에 대한 믿음, 당신들이 내 가족을 잘 돌봐주리라는 믿음, 그리고 여러 수용소 감방에 갇힌 내 동료들에 대한 믿음, 때로는 절망에 차서 내가 의지하고 동시에 내게 의지하는 사람들에 대한 믿음, 조국에 대한 믿음, 조국의 헌법에 대한 믿음, 우리의 국가적 목표에 대한 믿음……. 그리고 물론 신에 대한 믿음이 이 모든 것의 기초가 되었습니다. 우리의 삶은 끝없는 여행입니다. 그리고 우리는 그 여행길을 걸으면서 모든 모퉁이에서 배우고 성장해야만 합니다. 때로는 장애물에 걸려 비틀거리지만, 항상 우리 안에 있는 최선의 것을 향해 걸어나가야 합니다."

데이비드 맥널리

앨런 로이 맥기니스의 《긍정의 힘 The Power of Optimism》에서 발췌

219명의 생명을 구하다

베티 티스데일은 세계적인 영웅이다. 베트남전쟁이 다시 가열되던 1975년 4월, 베티는 거리로 내쫓기게 될 4백 명의 고아들을 구해야만 한다는 생각이 들었다. 그녀는 이미 소아과 의사인 전 남편 패트릭 티스데일 대령과 함께 다섯 명의 베트남 여자 아이들을 입양했다. 베티와 재혼할 때 패트릭에게는 이미 다섯 명의 자녀가 있었다.

1954년, 베트남에서 활약 중인 미 해군 소속 군의관 톰 둘리는 북베트남 공산주의자들로부터 난민들이 탈출하는 것을 도왔다.

베티는 말한다.

"톰 둘리는 내게 살아 있는 성인으로 여겨졌지요. 그는 내 삶을 영원히 바꿔놓았습니다."

톰 둘리의 책을 읽은 베티는 유가 때마다 열네 차례 베트남을 여행하면서 그가 세운 병원과 고아원을 방문해 자원봉사를 했다. 호치민에 있는 동안에는 베트남 사람인 부 티 응아이 부인이 운영하는 안락(행복한 곳) 고아원의 아이들과 사랑에 빠졌다. 나이 부인은 베트남이 공산 정권의 손에 넘어가던 날 베티의 도움으로 탈출했다. 훗날 그녀는 조지아 주에 있는 베티의 집에서 열 명의 자녀들과 함께 살게 되었다.

안락 고아원 아이들 4백 명이 곤경에 처했다는 소식을 들은 베티는 바로 행동에 들어갔다. 그녀는 응아이 부인에게 전화를 걸어 말했다.

"알겠어요! 내가 당장 가서 아이들을 전부 입양하겠어요."

그녀는 어떻게 하면 그것이 가능할지 알 수 없었다. 다만 자기가 그렇게 하리라는 사실만 알았을 뿐이다. 훗날 그녀의 이야기를 소재로 〈안락의 아이들〉이란 영화가 만들어졌고, 셜리 존스가 베티 역을 맡았다.

순식간에 베티는 산을 움직이기 시작했다. 속도위반 딱지까지 받아가면서 다양한 방법으로 필요한 기금을 모았다. 베티는 그저 그렇게 하겠다고 결심했을 뿐이고 실제로 그렇게 했다.

그녀는 말한다.

"나는 아이들이 좋은 가정에서 성장하기를 바랐을 뿐이에요."

그것이 베티를 움직인 동기였다. 그녀는 일요일에 미국 조지아 주의 포트베닝을 떠나 화요일에 베트남의 호치민에 도착했다. 그리고 기적적으로 모든 장애물을 뛰어넘어 토요일 아침 무렵 4백 명의 아이들을 항공기에 태워 호치민 밖으로 나왔다.

하지만 마지막 순간, 베트남 사회복지과 과장인 단 박사는 열 살 이하의 아이들만 입양할 수 있으며, 그것도 아이들의 출생증명서가 있어야 된다고 못을 박았다. 전쟁에서 살아남은 아이들에게 출생증명서가 있을 리 없다는 걸 베티는 금방 직감했다.

베티는 곧장 병원 소아과로 달려가 225장의 출생증명서를 얻어냈다. 그리고 그중 자격이 있어 보이는 219명의 아이들의 출생 날짜와 시간을 적기 시작했다.

그녀는 말한다.

"난 그 아이들이 언제 어느 장소에서 태어났는지 알 길이 없었지요. 그냥 내 손가락이 움직이는 대로 출생증명서를 만들어 낸 겁니다."

출생증명서만이 아이들을 안전하게 탈출시켜 자유로운 미래로 데려갈 수 있는 유일한 길이었다. 그것도 지금 당장이 아니면 영원히 불가능했다.

이제 아이들이 임시로 묵을 장소가 필요했다. 조지아 주 포트베닝의 미군 부대는 난색을 표했지만 베티는 포기하지 않았다. 하지만 아무리 시도해도 부대장과 통화를 할 수 없었다. 마침내 부대 참모관실로 연락했을 때 전화를 받은 사람이 보 캘러웨이였다. 그 역시 아무리 긴박하고 중요한 구출 작전이라 말해도 베티의 요청을 들어주지 않았다.

베티는 물러서지 않았다. 이제 와서 중단할 순 없는 일이었다. 그래서 보 콜어웨이가 조지아 주 출신임을 알고는 그의 어머니에게 전화를 걸었다. 그리고 도와달라고 매달렸다. 마침내 자정이 넘은 시각에 참모관은 포트베닝에 있는 한 학교를 아이들의 임시 숙소로 사용할 수 있도록 했다.

아이들을 베트남 밖으로 수송하는 문제가 아직 남아 있었다. 호치민에 도착했을 때 베티는 그레이엄 마틴 미국 대사를 찾아가서 아이들을 위한 수송 수단을 마련해달라고 호소했다. 팬암 항공사의 여객기를 전세 내려 했지만 런던 로이드 사에서 보험금을 올리는 바람에 협상이 불가능했다.

미국 대사는 베트남 정부에서 인정하는 서류들을 갖추기만 한다면 도움을 주겠다고 했다. 아이들이 두 대의 공군기에 나눠서 올라타는 동안 베트남 사회복지과 과장 단 박사가 마지막 탑승자 명단에 서명을 했다.

아이들은 모두 영양실조에 병약한 모습이었다. 모두가 한 번도 고아원 밖을 나와본 적이 없었다. 아이들은 잔뜩 겁을 먹었다. 베티는 병사들과 ABC방송국 직원들을 소집해 아이들을 치료하고, 수송하고, 음식을 먹이게 했다.

그 아름다운 토요일, 219명의 아이들이 이송되는 순간 모든 자원봉사자들의 가슴에 감동이 물결쳤다. 그들은 자신들이 다른 누군가에게 자유를 선물했다는 사실에 기쁨의 눈물을 흘렸다.

필리핀에서 미국까지 가는 비행기 요금도 큰 문제였다. 유나이티드 항공사를 이용하는 데 2만 1천 달러가 들었다. 요금은 티스데일 박사가 댔다. 만일 시간이 더 있었다면 베티는 무료 비행기표를 구했을 것이다. 그러나 그럴 만한 시간이 없었고, 서둘러 그곳을 빠져나와야만 했다.

아이들은 미국에 도착한 지 한 달 만에 모두 입양되었다. 특히 장애 아동을 입양시키는 일을 해온 펜실베니아 주 요크에 있는 트레슬러루터협회에서는 아이들에게 가정을 찾아주었다.

베티 티스데일의 이 이야기는 당신이 삶에서 주저앉지만 않는다면, 그리고 '안 된다'는 생각을 버리기만 한다면 무엇이든 할 수 있음을 보여준다. 톰 둘리 박사가 말했듯이 '특별한 일을 하는 데는 평범한 사람이 필요한' 것이다.

잭 캔필드 · 마크 빅터 한센

단 한 번만 더

19세기에 쓰인 어느 영국 소설은 웨일스의 작은 마을을 무대로 하고 있다.

이 마을 사람들은 지난 5백 년 동안 크리스마스이브 때마다 교회에 모여 기도를 했다. 자정이 되기 직전에 그들은 촛불을 켜고 찬송가를 부르면서 몇 킬로미터에 이르는 시골 마을길을 걸어 낡고 버려진 돌집으로 갔다.

그곳에서 주민들은 아기 예수의 탄생 장면을 재현했다. 구유까지 완벽하게 만든 다음 소박하고 경건한 마음으로 무릎을 꿇고 기도를 올렸다. 그들이 부르는 찬송가가 차가운 12월의 공기를 따뜻하게 데워주었다. 걸을 수 있는 사람이라면 모두가 매년이 행사에 참여했다.

마을에는 신화 하나가 전해져 오고 있었다. 크리스마스이브에 마을 사람 모두 그 집에 모여 완벽한 믿음으로 기도를 하면, 자정을 알리는 시각에 예수가 재림한다는 전설이었다. 단, 모두 완벽한 믿음으로 기도를 해야만 그 일이 가능하다는 것이었다.

그래서 지난 5백 년 동안 그들은 한 해도 빠짐없이 그 황폐한 돌집으로 가서 기도를 올렸다. 하지만 예수의 재림은 아직 이뤄지지 않았다.

이 소설에 등장하는 한 주인공에게 누군가 물었다.

"당신은 주님께서 크리스마스이브에 우리 마을에 오시리라고 정말로 믿습니까?"

그는 슬프게 머리를 저으며 대답했다.

"아닙니다. 난 믿지 않습니다."

"그럼 왜 당신은 해마다 그곳에 가십니까?"

그 주인공은 미소 지으며 말했다.

"아, 만일 그 일이 일어났을 때 나만 그곳에 없었던 유일한 사람이 되면 어떻게 합니까?"

자, 그는 그 정도의 작은 믿음밖에 갖고 있지 않았다. 하지만 그것도 믿음임에는 틀림이 없다. 신약성서에서도 말하듯이 겨자씨만 한 믿음만 있어도 하늘나라에 갈 수 있다.

특히 우리가 문제아나 방황하는 청소년, 알코올 중독자, 좌절과 절망에 빠진 사람들, 친구나 배우자를 잃은 사람들을 위해 일할 때는 작은 믿음이 더욱더 필요하다. 해마다 크리스마스이브에 그 소설의 주인공을 빠짐없이 그 황폐한 돌집으로 돌아가게 만든 작은 믿음 말이다.

그는 '이번 한 번만 더' 하고 거기 간 것이다. 이번에는 어쩌면 내가 해낼지도 모른다는 그 믿음을 그는 잃지 않았다.

때로 우리는 모두가 희망을 버린 사람을 위해 일해야 할 때가 있다. 어쩌면 우리조차도 그 사람에게는 아무런 변화나 성장 가능성이 없다고 단정 지을지도 모른다. 바로 그때 아주 작은 희망의 조각이라도 발견할 수 있다면, 우리는 다시 그에게로 돌아가 놀라운 성과를 올릴 수 있다.

친구여, 이번 한 번만 다시 돌아가기 바란다.

하노크 매카티

위대한 사람

세상에는 올림픽 우승자가 될 수 있는 사람들이 얼마든지 있다. 사실 모든 미국인이 그렇게 될 수 있다. 그들은 다만 시도해 보지 않았을 뿐이다.

내가 장대높이뛰기 최고 기록을 보유하고 있던 몇 해 동안만 해도 미국에서 약 5백만 명 이상의 사람들이 나를 물리치고 우승할 수 있었다고 생각한다. 최소한 5백만 명은 그것이 가능했다. 그들은 나보다 강하고, 크고, 빠르니까 얼마든지 할 수 있었다. 그러나 그들은 장대를 잡아보려고 하지 않았으며, 바를 넘기 위해 두 다리를 땅에서 들어올리려는 작은 노력조차 한 적이 없다.

위대함은 우리 주변 어디든지 있다.

당신이 위대한 인간이 되는 것은 쉬운 일이다. 위대한 사람들이 기꺼이 당신을 도울 테니까. 모임이나 세미나에 참석해보라. 각 분야에서 대가가 된 사람들이 나와서 자신들의 아이디어와 방법과 기술들을 다른 사람들과 나누기 위해 열정을 쏟는 모습을 볼 수 있다. 그것만큼 아름다운 일은 없다. 나는 가장 탁월한 세일즈맨이 신참 세일즈맨을 앉혀놓고 정확히 어떤 방법으로 자신들이 그런 위치에 오르게 되었는가를, 가슴을 열고 설명하는 장면도 여러 번 보았다.

나는 세계 장대높이뛰기의 일인자 더치 워머덤의 기록을 깨려고 노력하던 시절을 잊지 못한다. 아무리 노력해도 나는 그가 가진 기록에서 약 30센티미터 정도가 모자랐다. 그래서 어느 날 더치에게 전화를 걸어서 말했다.

"더치, 날 좀 도와줄 수 있겠나? 난 아무리 해도 안 돼. 더 높이 뛸 수가 없어."

그러자 더치가 말했다.

"물론이지, 밥. 한번 시간을 내서 찾아오게. 내가 터득한 모든 기술을 자네에게 가르쳐주겠어."

세상에서 가장 위대한 장대높이뛰기 선수인 그 스승과 함께 나는 사흘을 보냈다. 사흘 동안 더치는 자기가 알고 있는 것을 모두 전수했다. 내 자세에는 몇 가지 문제점이 있었는데, 그것들을 바로잡아주었다. 결론만 이야기한다면 나는 그의 도움으로 20센티미터나 기록을 갱신할 수 있었다. 그 위대한 친구는 정말로 자기가 가진 최고의 기술을 가르쳐준 것이다. 모든 스포츠 챔피언과 영웅이 당신 또한 위대한 선수가 될 수 있도록 기꺼이 그렇게 하리라 나는 믿는다.

UCLA 대학의 농구 팀 코치인 존 우든은 날마다 누군가에게 도움을 주겠다는 철학을 갖고 있다. 보상이 돌아오지 않아도 좋다. 그것은 그의 의무라는 것이다.

또 조지 앨런은 대학에서, 축구 경기의 수비 기술과 선수 스카우트에 대한 학위 논문을 쓰면서 미국 전역의 이름난 축구 코치들에게 30쪽에 달하는 설문지를 보냈다. 그중 85퍼센트가 완벽한 답변서를 보내왔다.

위대한 사람들은 언제나 도울 자세가 되어 있다. 그 결과 조지 앨런은 세계에서 가장 뛰어난 축구 코치가 될 수 있었다. 위대한 사람들은 자신의 비결을 당신에게 말해줄 것이다. 당신이 그들을 찾으면 된다. 그들에게 전화하고, 찾아가고, 그들이 쓴 책을 읽으라. 그들 주위에 머물면서, 그들과 대화를 하라. 위대한 사람들과 함께 있을 때 당신 또한 위대해질 수 있다.

밥 리처드(올림픽 육상선수)

마지막 자유

유대인 집단수용소에 갇혀 있던 우리 모두는
몇몇 사람들을 결코 잊지 못한다.

그들은 그 부자유 속에서도
수용소 막사를 돌아다니며
사람들을 위로하고,
배급받은 마지막 빵 한 조각을
다른 이들을 위해 내놓았다.

그들은 숫자는 많지 않았지만,

인간에게서 모든 것을 빼앗을 순 있어도
한 가지만은 빼앗을 수 없다는 것을 보여주는
충분한 증거였다.

그 한 가지는 바로
인간의 마지막 자유라고 할 수 있는,
어떤 상황에서도
자신의 삶의 태도를 선택하는 것,
자신의 삶의 방식을 선택하는 것이었다.

빅터 E. 프랭클
《죽음의 수용소에서Man's Search for Meaning》에서 발췌

우리가 잊고 있던 것들

이 인생은 하나의 시험이다. 단지 하나의 시험일 뿐이다.
당신이 실제 경험을 통해 더 많이 배웠더라면
당신은 어디로 가야 할지 무엇을 해야 할지
더 많은 가르침을 받았을 것이다.

어느 게시판에 적힌 글

잠깐 멈춘 시간

우리는 '잠시 걸음을 멈추고 장미꽃 향기를 맡아보라'는 말을 많이 듣는다. 그러나 정신없이 바쁘게 돌아가는 이 세상에서 우리는 과연 얼마나 자주 시간을 내 주위를 돌아보는가? 너무나 바쁜 일정과 다음 약속에 대한 생각, 그리고 교통 체증과 일상에 묶여서 살아가느라 우리는 가까이 있는 다른 사람들조차 제대로 바라볼 겨를이 없다.

세상을 이런 곳으로 만든 것에 대해 다른 사람들과 마찬가지로 나도 죄의식을 느끼지 않을 수 없다. 특히 캘리포니아의 복잡한 도로에서 차를 운전하고 갈 때면 더욱 그런 생각이 든다.

그런데 얼마 전 나는 한 장면을 목격했다. 이는 내가 주위의 더 큰 세상을 자각하지 못하고 나만의 작은 세계 속에 갇혀서 살아왔음을 일깨워주었다.

그때 나는 사업상 중요한 약속이 있어 차를 몰고 약속 장소로 가고 있었다. 평소와 마찬가지로 마음속으로 내가 해야 할 말을 정리하고 있었다. 매우 복잡한 교차로 지점에 이르렀을 때 신호등이 빨간색으로 바뀌었다.

나는 정지선에 차를 세우며 중얼거렸다.

'좋아. 다음 신호가 바뀌는 순간 다른 차들보다 먼저 출발해서 재빨리 가야지.'

내 마음과 차는 원격 조종 자동차처럼 만반의 준비가 되어 있었다.

바로 그 순간이었다. 잊지 못할 광경 하나가 시야로 들어와 내 집중력을 흔들어놓았다.

둘다 눈이 보이지 않는 젊은 부부 가족이 손에 손을 잡고서 교차로로 걸어 들어오고 있었다. 그들은 차들이 사방에서 붕붕거리고 있는 이 복잡한 교차로에 아무것도 모른 채 더듬거리며 걸어 들어왔다.

남자는 어린 사내아이의 손을 붙잡고 있었고, 여자는 멜빵에 멘 갓난아기를 꽉 붙들고 있었다. 둘 다 흰색 알루미늄 지팡이를 손에 들고서 교차로를 가로지를 어떤 단서를 찾아 열심히 더듬거리고 있었다.

나는 약간 감동을 받았다. 그들은 누구나 가장 두려워하는, 앞이 안 보이는 상태를 잘 극복하며 살아가고 있는 듯했다.

나는 그들을 바라보면서 '앞이 안 보인다는 것은 얼마나 끔찍한 일일까?' 하고 생각했다.

그런 내 생각은 순식간에 공포로 바뀌었다. 부부가 횡단보도를 벗어나 엉뚱한 대각선 방향으로 가고 있었기 때문이었다.

그들이 걸어가고 있는 방향은 정확히 교차로 한복판이었다. 그들은 자신들이 위험한 방향으로 가고 있다는 사실도 알지 못한 채 차들이 맹렬하게 달려오는 곳을 향해 똑바로 걸어가고 있었다. 다른 운전자들이 이런 상황을 모르고 있을 거라는 생각이 들었기 때문에 나는 더더욱 겁에 질리지 않을 수 없었다.

빨간 신호에 정지해 있는 차량들의 맨 앞줄에서 지켜보고 있었기 때문에, 그날 일어난 기적을 나는 누구보다 가장 잘 목격할 수 있었다. '모든 방향'에서 달려오던 '모든 차'들이 일제히 멈추었다. 브레이크를 급제동하는 소리나 빵빵거리는 경적 소리 하나 들리지 않았다. "어서 저쪽으로 비켜!" 하고 고함치는 사람도 없었다. 모두 그 자리에 얼어붙어 버렸다. 그 순간에는 이 맹인 가족을 위해 시간이 완전히 정지해 버린 듯했다.

놀란 나는 다른 차에 타고 있는 운전자들도 모두 똑같은 광경을 보고 있는가 확인하려고 주위를 둘러보았다. 운전대를 잡고 있는 모든 사람의 시선이 그 부부에게 향해 있음을 알 수 있었다.

갑자기 내 오른쪽에 있던 운전자가 반응을 보였다. 그는 차창 밖으로 몸을 내밀고 큰 소리로 외쳤다.

"오른쪽으로! 오른쪽으로!"

그러자 다른 운전자들도 다 같이 합창을 하기 시작했다.

"오른쪽! 오른쪽!"

조금도 허둥대지 않고 부부는 운전자들의 안내를 받아가며 방향을 바꿨다. 그들은 손에 쥔 흰색 지팡이와 여러 명의 세심한 시민들의 목소리를 신뢰하며 무사히 건너편 도로에 도착했다. 그들이 인도에 올라서는 순간 또 다른 한 가지 사실이 내 마음을 쳤다. 그때까지도 그 가족은 손에 손을 잡고 서로를 꼭 붙잡고 있었던 것이다.

그들의 얼굴에 나타난 무감동한 표정에 나는 오히려 당황했다. 지금 자신들 주위에서 무슨 일이 일어났는지 전혀 모르고 있는 게 틀림없었다. 하지만 교차로에 정지해 있던 모든 운전자들은 그 가족이 인도에 올라서는 순간 일제히 안도의 숨을 내쉬었다.

내가 고개를 돌려 바라보자 오른쪽에 있던 차 운전자가 말했다.

"후유! 당신도 보았소?"

왼쪽에 있는 차 운전자도 말했다.

"정말 믿을 수 없는 일이군요!"

운전자들 모두가 방금 목격한 광경에 깊은 감동을 받은 표정이 역력했다. 어려움에 처한 네 명의 인간을 돕기 위해 잠시 자신들의 세계 밖으로 걸어나온 아름다운 존재들이 거기에 있었다.

그 일을 목격한 뒤로 나는 자주 그 광경을 떠올리곤 했으며, 몇 가지 중요한 교훈을 얻었다.

첫 번째 교훈은 이것이다.

'잠시 걸음을 멈추고 장미꽃 향기를 맡아보라.'

그 일이 있기 전까지 나는 거의 그렇게 하지 않았다. 그렇다. 잠시 시간을 내 지금 이 순간 당신 앞에서 일어나고 있는 일을 둘러보라. 그러면 당신은 오직 이 순간만이 존재하며, 더 중요하게는 이 순간이 당신 삶을 변화시킬 수 있음을 깨달을 것이다.

두 번째 교훈은 이것이다.

아무리 극복할 수 없는 장애물일지라도 자신을 신뢰하고 타인을 신뢰하면 자신이 세운 목표를 이룰 수 있다.

그 부부의 목표는 단순히 도로 맞은편으로 안전하게 건너가는 일이었다. 그들의 장애물은 그들을 향해 질주해오는 왕복 8차선 위의 차들이었다. 하지만 그들은 당황하거나 의심하지 않고 목표 지점에 이를 때까지 앞을 향해 걸어갔다.

우리 역시 목표를 향해 앞으로 걸어갈 때, 우리 앞에 어떤 장애물이 놓여 있는지 보틀 때가 있다. 우리는 다만 직관을 신뢰하고, 더 넓은 시야를 가진 타인의 안내를 신뢰할 필요가 있다.

마지막으로, 나는 내가 볼 수 있다는 사실에 진심으로 감사하게 되었다. 나는 그동안 그런 것들을 너무나 당연하게 여겨왔다. 만일 눈이 보이지 않는다면 당신의 삶이 얼마나 다를지 상상해봤는가? 잠시 상상해보라. 앞을 볼 수 없는 상태에서 복잡한 건널목을 건너는 자신의 모습을. 우리는 얼마나 자주 우리가 삶에서 누리고 있는 기적 같은 선물의 고마움을 잊어버리는가.

그날 교차로를 지나고 나서, 나는 이전보다 삶에 대해 더 많은 깨달음을 얻었고, 타인에게 더 많은 관심을 갖게 되었다. 그 후로 나는 매일의 일상에서 진정으로 삶을 바라보며 살기로 결심했다. 그리고 신이 내게 주신 재능을 다른 사람을 돕는 데 더 많이 쓰기로 결심했다.

삶의 길을 걸어가면서 이렇게 해보라. 잠시 걸음을 멈추고 진정으로 바라보라. 잠시 시간을 내어, 지금 이 순간 자기가 서 있는 자리에서 일어나고 있는 일들을 바라보라. 당신은 아름다운 어떤 것을 놓치며 살아가고 있는지도 모른다.

제프리 마이클 토머스

배우기 위한 인내

어려서부터 보석감정사가 되려는 꿈을 가진 한 청년이 있었다. 마침내 학교를 졸업한 그는 유명한 보석감정사를 찾아가 기술을 가르쳐달라고 부탁했다.

하지만 늙은 보석감정사는 고개를 저었다. 보석감정 기술을 배우는 데 가장 필수적인 것은 끈기와 인내심인데, 젊은 사람들에겐 그런 덕목이 부족하다는 것이었다.

청년은 한 번만이라도 기회를 달라고 매달렸다. 어려서부터 품은 꿈이었기 때문에 자신은 충분한 소질과 열정을 갖고 있다며 보석감정사를 설득했다.

마침내 보석감정사는 청년에게 말했다.

"그렇다면 내일 여기로 오게."

다음 날 아침 청년이 찾아가사 보석감정사는 의자를 내주며 앉으라고 말했다. 그러고는 손바닥에 작은 보석 하나를 쥐여주면서, 아무 말도 하지 말고 그곳에 가만히 앉아 있으라고 했다.

청년이 앉아 있는 동안 보석감정사는 보석의 무게를 달고 자르고 하면서 자신의 작업을 이어갔다. 청년은 조용히 기다렸다. 그렇게 하루가 다 흘러갔다.

다음 날 아침에도 보석감정사는 청년의 손에 보석을 쥐여주고는 의자에 앉으라고 했다. 셋째 날도, 넷째 날도 마찬가지였다. 오늘은 뭔가 가르쳐주겠지, 하는 생각으로 아침에 출근을 하면 또다시 똑같은 지시를 내릴 뿐이었다.

일주일이 지났을 때 청년은 보석을 손에 움켜쥐고 앉았다. 하지만 더 이상 침묵할 수만은 없었다.

그래서 청년은 보석감정사에게 물었다.

"스승님, 전 언제부터 배우게 됩니까?"

보석감정사는 무뚝뚝하게 말했다.

"곧 배우게 될 거야."

그러고는 더 이상의 말없이 자기 일만 계속하는 것이었다. 마침내 열흘이 지났을 때 청년은 좌절할 수밖에 없었다. 자신을 고용하기 싫으면 싫다고 할 일이지 이런 식으로 시간을 낭비하게 만드는 건 옳지 못한 일이었다.

그래서 그날 아침 보석감정사가 똑같은 보석을 쥐여주며 의자에 앉으라고 하자 청년은 그것을 집어던지며 이렇게 외치려고 했다.

'도대체 언제까지 날 골탕 먹일 셈인가요?'

그런데 보석을 집어던지려는 순간 자신도 모르게 이렇게 말했다.

"이건 어제까지의 그 보석이 아니잖아요!"

그러자 스승이 말했다.

"이제야 조금씩 배우기 시작했군."

작자 미상

훌륭한 거래

내 딸 마리타는 열세 살이 되자 색 바랜 티셔츠에 너덜너덜한 청바지를 입고 다니기 시작했다. 나는 미국의 대공황 시절에 청소년기를 보냈기 때문에 옷가지를 살 돈이 없었지만, 그런 식의 형편없는 옷을 입고 다니지는 않았다.

하루는 마리타가 새로 산 청바지를 집 앞에 가지고 나가 돌멩이와 흙으로 문질러대고 있었다. 방금 산 청바지가 엉망이 되는 걸 보고 나는 소스라치게 놀라 딸에게 달려가 뭐하는 짓이냐고 소리쳤다. 내가 어린 시절에 얼마나 가난하게 살았는지 드라마 엮듯이 말하고 있는데도 딸아이는 멈추지 않고 청바지를 땅바닥에 문질렀다. 후회의 눈물을 흘리며 감동받기를 기대했건만 전혀 그렇지 않았다.

왜 새로 산 바지를 망쳐놓느냐는 질문에 마리타는 쳐다보지도 않고 말했다.

"새 옷을 어떻게 입어요?"

난 어처구니가 없어서 물었다.

"왜 못 입는다는 거니?"

마리타가 말했다.

"어쨌든 입을 수가 없다고요. 그래서 낡은 옷처럼 보이게 하려고 더럽히는 중이에요."

난 기가 막혔다. 말도 안 되는 논리였다. 새 옷을 망가뜨려서 입는 게 도대체 무슨 놈의 새로운 스타일이란 말인가!

매일 아침 마리타가 학교에 가려고 집을 나설 때마다 나는 그 애를 쳐다보며 한숨짓곤 했다.

"내 딸이 저 모양이라니!"

마리타는 커다란 파란색 점과 줄무늬가 있는 제 아빠의 낡은 티셔츠를 입고 있었다. 청소부에게 어울리는 옷이군, 하고 나는 생각했다. 게다가 그 청바지라니! 너무 낮게 내려 입어서 숨을 깊이 들이쉬면 바지가 그냥 흘러내릴까 염려스러울 정도였다. 하지만 흘러내릴 염려는 없었다. 너무도 꽉 끼고 뻿뻿해서 벗기도 힘든 바지였다. 땅바닥에 문질러댄 덕분에 너덜너덜해진 바지 끝은 걸을 때마다 실밥이 너덜거렸다.

하루는 마리타가 학교에 간 다음에 마치 어떤 계시처럼 이런 목소리가 내 안에서 들렸다.

"매일 아침 네가 마리타에게 하는 마지막 말이 무엇인지 넌 알고 있는가? '내 딸이 저 모양이라니!' 날마다 넌 그렇게 말하고 있어. 네 딸이 학교에 가면 친구들과 모여서 언제나 잔소리만 늘어놓는 구닥다리 엄마 얘길 하겠지. 그럼 네 딸도 너의 그 끊임없는 잔소리에 대해 불평을 늘어놓을 거다. 중학교에 다니는 다른 아이들이 어떤 옷차림을 하고 있는지 눈여겨본 적이 있는가? 왜 한번 살펴보려고 하지 않는가?"

그날 오후 나는 차를 몰고 딸아이를 데리러 갔다가 더 형편없는 옷차림을 하고 있는 많은 여학생들을 보았다.

집으로 돌아오는 차 안에서 나는 마리타에게 청바지를 망가뜨린 것에 과잉반응했던 걸 사과했다. 난 한 가지 타협안을 제시했다.

"이제부터 네가 원하는 어떤 옷이든 입고 학교에 가도 좋아. 네 친구들을 만나러 다녀도 좋아. 난 그것에 대해서는 앞으로 절대 잔소리하지 않겠다."

마리타가 말했다.

"무척 안심이 되는 말이군요."

내가 말했다.

"하지만 나와 함께 교회에 가거나 엄마 친구들을 만나는 자리에 갈 때는 내가 말하지 않아도 네 스스로 엄마가 원하는 방식대로 옷을 입어야 한다."

딸은 잠시 생각하는 눈치였다. 내가 덧붙였다.

"이것은 95퍼센트는 네 방식대로 하고 단지 5퍼센트만 엄마 방식대로 하자는 거야. 어떻게 생각하니?"

마리타는 눈을 반짝이더니 손을 내밀어 내 손을 흔들며 말했다.

"좋아요, 엄마. 훌륭한 타협안이에요."

그다음부터 아침마다 나는 딸아이에게 행복한 인사를 할 수 있었다. 난 결코 그 애의 옷차림을 두고 잔소리하지 않았다. 그리고 나와 함께 외출할 때 마리타는 군소리 없이 깔끔하게 차려입고 나왔다. 훌륭한 거래가 이뤄진 것이다!

플로렌스 리타워

두 명의 수도승

두 수도승이 순례길을 가다가 강을 만나게 되었다. 그들이 강둑에 이르렀을 때 아름다운 옷을 입은 한 여성이 서 있었다.

혼자서 강을 건너자니 두렵고, 옷을 적시고 싶지도 않아 어떻게 해야 할지 몰라 서성거리고 있는 게 분명했다.

수도승 한 명이 아무 망설임 없이 그녀를 업고 건너편 강둑까지 데려다주었다.

강둑에 여성을 내려놓고 두 수도승은 발걸음을 재촉했다. 그런데 한 시간쯤 지났을 때, 다른 수도승이 비난을 늘어놓기 시작했다.

"여자의 몸에 손을 대는 것은 분명히 옳지 않은 일이오. 그것은 계율을 어기는 행동이오. 어떻게 수도승의 몸으로 그런 불경한 행동을 할 수 있소?"

여성을 업어 강을 건너게 해준 수도승은 말없이 듣고 있다가 마침내 동료 수도승을 돌아보며 말했다.

"난 그 여성을 한 시간 전에 강둑에 내려놓았소. 그런데 왜 형제는 아직도 그녀를 등에 업고 있소?"

이름가르트 슐뢰글

《선승들의 지혜 The Wisdom of Zen Masters》에서 발췌

우리가 잊어버린 신의 모습

남동생이 태어나자 어린 딸아이는 갓난아기와 단둘이 있게 해달라고 부모를 조르기 시작했다. 부모는 다섯 살짜리 딸이 다른 아이들과 마찬가지로 동생을 시샘한다고 생각했다. 그래서 딸아이가 갓난아기를 때리거나 꼬집을까 염려스러워 부탁해도 못 들은 척했다.

하지만 딸아이는 시샘을 하는 것 같지 않았다. 언제나 아기를 부드럽고 따뜻하게 대해주었다. 그리고 날이 갈수록 동생과 단둘이 있게 해달라는 부탁을 더 자주 하기 시작했다. 마침내 부모는 더 이상 거절할 수 없어서 딸아이의 청을 들어주었다.

딸아이는 기쁨에 겨운 얼굴로 갓난아기의 방으로 들어갔다.

부모는 호기심에 차서 문틈으로 안을 들여다보았다. 그러고는 귀를 기울였다.

딸아이는 남동생에게 다가가더니 얼굴을 가까이 대고 조용히 물었다.

"아가야, 신이 어떻게 생겼는지 말해주겠니? 난 벌써 잊어버렸거든."

당신은 혹시 신이 어떻게 생겼는지, 어떤 느낌인지 기억하고 있는가? 아니면 벌써 잊어버렸는가?

댄 밀맨

돌고래의 선물

나는 수심 12미터가 넘는 바다 속에 혼자 들어가 있었다. 혼자서 들어가면 안 된다는 걸 알고 있었지만, 나는 그 정도 실력이 있다고 자신했기 때문에 한번 시도해보았다.

물살은 그다지 빠르지 않았다. 물속은 투명하고 따뜻했으며, 무엇보다 아름다운 바다 속 풍경이 나를 매혹시켰다. 나는 물고기처럼 자유롭게 이리저리 바다 밑을 탐색하고 다녔다.

그런데 갑자기 배에 쥐가 나기 시작하는 순간, 나는 내가 얼마나 어리석었는지 깨달았다. 그렇다고 겁을 먹을 정도로 놀라진 않았다. 그러나 배의 심한 경련 때문에 몸을 똑바로 펼 수가 없었다. 몸이 V자로 완전히 굽혀졌다.

일단 몸에 매단 무거운 잠수용 벨트를 벗으려 했으나, 몸이 너무 심하게 굽혀져서 그곳까지 손이 닿지도 않았다.

몸을 전혀 움직일 수 없는 상태에서 나는 물속으로 가라앉고 있었다. 차츰 두려움이 밀려오기 시작했다. 손목에 찬 시계를 보았다. 시간이 얼마 남아 있지 않았다. 이제 조금 후면 산소 탱크 공기가 바닥난다.

나는 배를 문지르려고 필사적으로 시도했다. 그러나 손을 뻗어 쥐가 난 배 근육을 문지를 수조차 없었다. 잠수복을 걸치지 않은 맨몸이었는데도 마음대로 몸이 움직여주지 않았다.

당황한 나는 마음속으로 외쳤다.

"난 이렇게 죽을 수 없어! 난 아직 할 일이 많단 말이야!"

이런 식으로 아무도 알지 못하는 상태에서 어처구니없이 생을 마칠 순 없는 노릇이었다. 나는 다시 마음속으로 외쳤다.

"누구든지, 혹은 무엇이든지 와서 날 좀 도와줘요!"

내가 미처 어떤 준비도 갖추기 전이었다. 갑자기 무엇인가 내 뒤쪽으로 다가와 겨드랑이 사이를 푹 찌르는 것이 느껴졌다. 나는 소리쳤다.

"아, 안 돼! 상어가 왔어!"

나는 말할 수 없는 공포와 절망감에 사로잡혔다. 그런데 이상한 일이 일어났다. 나를 해치는 대신에 어떤 강한 힘이 내 겨드랑이를 떠받쳐 물 위쪽으로 나를 들어 올리고 있었다. 내 시야 안으로 커다란 눈동자 하나가 들어왔다. 내가 한 번도 상상한 적이 없는 가장 불가사의한 눈이었다.

단언컨대, 그때 그 눈은 분명히 미소를 짓고 있었다. 그것은 다름 아닌 커다란 돌고래의 한쪽 눈이었다. 그 눈을 바라보면서 나는 내가 안전하다는 것을 직감했다.

돌고래는 내 겨드랑이 사이에 자기의 등을 집어넣고서 나를 위쪽으로 힘껏 들어 올리기 시작했다. 나는 살았다는 안도감에 긴장을 풀고 한쪽 팔로 돌고래를 껴안았다. 그 동물이 나를 안전하게 옮겨주고 있음이 느껴졌다.

돌고래는 물 위쪽으로 나를 데려갈 뿐 아니라 나를 치료해주고 있었다. 난 느낄 수 있었다. 수면을 향해 이동하는 동안 배의 경련이 사라졌으며 몸 전체가 더없이 편안해졌다. 돌고래가 나를 치료했다는 확신이 강하게 다가왔다.

수면으로 떠오르고 난 다음, 돌고래는 계속해서 나를 해안까지 데리고 갔다. 물이 아주 얕은 곳까지 왔기 때문에 나는 이러다가 돌고래가 해변 위로 올라가게 될까 봐 걱정이 되었다. 나는 약간 깊은 쪽으로 부드럽게 돌고래를 떠다밀었다. 돌고래는 그곳에 멈춰서 나를 쳐다보며 기다렸다. 내가 안전한지 지켜보는 것이었다.

나는 마치 다른 인생처럼 느껴졌다. 나는 얼른 해변에다 웨이트벨트와 산소 탱크를 벗어놓았다. 모든 것을 벗어던지고, 알몸으로 다시 바닷속 돌고래에게 돌아갔다.

나는 너무나 가볍고, 자유롭고, 살아 있음을 느꼈다. 그 모든 자유 속에서, 물과 태양 속에서, 마음껏 뛰놀고 싶어졌다. 돌고래는 나를 다시 물 밖으로 밀어내기도 하고 내 주위를 돌아다니기도 하면서 나와 함께 장난을 쳤다. 그 순간 나는 멀리 떨어진 곳에서 수많은 돌고래가 우리를 지켜보고 있음을 알아차렸다.

얼마 후 돌고래는 다시 나를 해변으로 데려다주었다. 나는 너무 지쳐서 금방이라도 넘어질 것만 같았다. 돌고래는 내 안전을 위해 가장 얕은 물까지 나를 데리고 갔다. 그런 다음 몸을 돌려 한쪽 눈으로 나를 바라보았다.

우리는 그런 식으로 서로를 오랫동안 바라보았다. 그 시간이 내게는 영원처럼 길게 느껴졌다. 어쩌면 시간이 아예 사라져버린 순간인지도 모르겠다. 그 순간에는 내가 마치 다른 현실 속에 들어와 있는 것처럼, 아득히 먼 과거로부터 무수한 상념들이 마음을 스쳐 지나갔다.

이윽고 돌고래는 특유의 소리를 한 번 보내고는 다른 돌고래들에게 돌아갔다. 그리고 그들 모두 먼 바다로 떠났다.

엘리자베스 거웨인

비상

내겐 어린 조카들이 있다. 나는 가끔씩 그애들을 데리고 놀이터로 가서 그네를 태워주곤 했다.

한번은 아이들의 성화에 못 이겨 내가 그네에 올라탄 적이 있었다. 천천히 그네를 구르면서 난 약간 바보스럽다는 생각이 들었다.

어른이 된 내가 애들처럼 그네를 타고 있다니!

하지만 몸에 반동을 실어 점점 더 높이 올라갈수록 짜릿한 흥분감이 느껴졌다. 난 하늘 높이 치솟았다. 내 밑에서 땅바닥이 휙 하고 다가왔다가, 완벽한 반원을 그리며 다시 공중으로 치솟을 때마다 나도 모르게 소리를 질렀다.

난 그네 위에 올라서서 타보았고, 거꾸로 매달려서도 타보았다. 공중을 향한 비상이 주는 놀라운 환희를 새롭게 발견한 것이다.

그네를 타기엔 너무 나이를 먹었다고 생각한 이래 꿈속에서만 체험하던 흥분을 그날 오랜만에 실제로 맛볼 수 있었다.

이제 나는 놀이터의 즐거움을 체험하기 위해 어린 조카들을 데리고 갈 필요가 없어졌다. 오랫동안 잊고 있던, 나 자신을 위한 그네 타기를 새롭게 발견했기 때문이다.

바버라 니컬스

책을 옮기고 나서

살고 사랑하고 배운 이야기

물질은 원자로 이루어져 있고,

인간은 이야기로 이루어져 있습니다.

한 사람을 만난다는 것은 그 사람이 살아온 이야기,

기쁘고 슬픈 일 모두와 만나는 일입니다.

우리의 삶이 이야기를 만들고,

그 이야기가 다시 우리의 삶을 만들어나갑니다.

이 세상을 떠날 때 우리가 남기고 가는 것은

우리의 이야기입니다.

살고 사랑하고 배운 이야기가 그것입니다.

모든 위대한 삶은

위대한 이야기로부터 시작됩니다.
그래서 이야기는 감동을 줄 뿐 아니라
훌륭한 가르침의 도구입니다.
인생에서 음식과 집과 친구, 그다음에
우리에게 필요한 것이 이야기입니다.
인간과 인간을 가장 가깝게 연결하는 것이
이야기입니다.
이야기는 우리를 더 살아 있고, 더 인간적이고,
더 용기 있고, 더 사랑하게 만듭니다.
이 책은 지금으로부터 스무 해 전에 만들었던 책을
편집과 장정을 다시 꾸며 새로 내는 것입니다.
표지를 새롭게 디자인했고,
본문에 삽화도 넣었습니다.
활자 크기와 행의 간격도 달리했으며
편집도 새로운 사람이 맡았습니다.
하지만 역자와 발행인은 달라지지 않았습니다.
책을 소중하게 만들고자 하는 마음도
변하지 않았다고 우리는 생각합니다.
또한 시간이 흐르고 시대가 달라져도
이 책이 지닌 가치는 변하지 않았습니다.

문학적으로 각색할 필요가 없는 감동적인 실화들은
그 자체로 읽는 이의 삶을 변화시키기 때문입니다.
다시 만든 이 책이 당신의 삶에
더 많은 배움과 성장과 의미를 주는
그런 책이 되기를 우리는 바랍니다.
20년 전, 미국 여행 중에 처음 이 책을 읽고
큰 감동을 받은 저는 생각했습니다.
'나 한 사람이 감동을 받은 책이라면 적어도 천 명의 독자는 비슷한 감동을 받을 것이다.'
그 천 명의 독자를 위해 이 책의 시리즈들을 한 권씩 번역해 나갔습니다.
첫 번째 책이 바로《영혼을 위한 닭고기 수프》이고,
두 번째 책이《마음을 열어주는 101가지 이야기》입니다.
천 명의 감동이 만 명으로 전파되고,
이제는 한국에서도 어느덧 백만 명이 넘는 독자가
이 시리즈의 책들을 읽기에 이르렀습니다.
하지만 전 아직도 그 천 명의 독자를 소중히 여깁니다.
배움, 경험, 성장, 그리고 가슴 뛰는 삶을 우리는 추구하고 있습니다.
행복이란 무엇인가, 우리는 무엇을 위해 살아야 하며

또 무엇을 위해 살지 말아야 하는가를

이 책은 부드럽게, 하지만 강력한 메시지를 갖고 우리 귀에 속삭입니다.

우리 모두는 유한한 존재이고

언젠가는 작별의 말조차 제대로 하지 못하고 떠나야 합니다.

그런 우리에게 이 책은 말합니다.

사랑을 표현하고, 삶을 경험하고,

상상 속의 고통보다는 현실 속의 고통을 더 많이 체험하라고.

또 하루에 최소한 한 번씩은 껴안으라고.

이 책을 두 팔에 껴안고 다니듯이

당신 자신을, 그리고 세상을 두 팔로 껴안기를 바라며

새로 쓰는 옮긴이의 말을 마칩니다.

류시화

영혼을 위한 닭고기 수프 2

첫판 1쇄 펴낸날 1997년 9월 20일
2판 1쇄 펴낸날 2016년 10월 20일
6쇄 펴낸날 2024년 5월 17일

엮은이 잭 캔필드 · 마크 빅터 한센 **옮긴이** 류시화
발행인 김혜경
편집인 김수진
책임편집 조한나
편집기획 김교석 유승연 문해림 김유진 곽세라 전하연 박혜인 조정현
디자인 한승연 성윤정
경영지원국 안정숙
마케팅 문창운 백윤진 박희원
회계 임옥희 양여진 김주연

펴낸곳 (주)도서출판 푸른숲
출판등록 2003년 12월 17일 제2003-000032호
주소 서울특별시 마포구 토정로 35-1 2층, 우편번호 04083
전화 02)6392-7871, 2(마케팅부), 02)6392-7873(편집부)
팩스 02)6392-7875
홈페이지 www.prunsoop.co.kr
페이스북 www.facebook.com/prunsoop **인스타그램** @prunsoop

ISBN 979-11-5675-669-9 (04840)
ISBN 979-11-5675-666-8 (세트)

* 잘못된 책은 구입하신 서점에서 바꾸어 드립니다.
* 본서의 반품 기한은 2029년 5월 31일까지 입니다.